我を問うなかれ

一成・アンダー木
ISSEY・UNDER KI

ブックウェイ

ゆうべ雨が庭を通り過ぎ
地面はまだ濡れたまま。
六月のライラックはあまりに多くて
世界は青く輝くほどだった。

七月も、そして八月も
三つの窓には光と色があふれ、
原初の夏が終わるまで
こんなにも空にほとばしり出ていたので
私の運命は死せる後も
想像の日によって大地のように温められて
いる。

アルセーニイ・タルコフスキー

ワセリンを塗り込めたようなベッタリとした皮膚は息も絶え絶えの敷島亮介の生気を喪失させていた。このような状況には決まって、「アベベ」でコーヒー一杯の休息を摂るのが彼のルールである。重い扉を開けるや否や、キースジャレットの特徴のあるピアノソロが彼の疲れ切った鼓膜を、乾燥した鞣革から潤いの含むベルベットに回復させ、やがて彼の赤血球が多くの酸素を脳に運ぶように生気を取り戻させる。それはまるで、疲れ切ったデイリープラネット社のクラーク・ケントがスーパーマンに変身するように。

濡れたタオルが固い椅子に叩きつけられるように潰れ込むと、「ホット」とアルバイトの麻理子に告げた。ジャズ喫茶は音響装置、選曲が生命線であるが、アベベのブレンドコーヒーは豆を焙煎から自店で行い美味な薫りと味を楽しめる数少ないＪＡＺＺ喫茶であり、やや酸味はあるがコクのある独自のブレンドを楽しめる逸店であるが、彼には興味の外である。ブレンドコーヒーが運ばれてくると、カップの持ち手も持たず鷲掴みで口に運び、熱さを微かに震える唇で確認しながらゆっくり口に含んだ。そして、キースの即興演奏に酔いしれるがごとく、両眼を閉じて頭をうな垂れたまま動かなくなった。

一九七五年発表の『ケルンコンサート』の終盤に差し掛かり亮介は残りのコーヒーを飲み干した後、冷たい水を一気に胃袋にたたき込み、スーパーマンになって店を出た。

夕食準備で賑わう雑踏の人を掻き分けながら署に戻り、上司の浦山刑事課長に簡単な業務報告を済ませた。亮介が扱っているのはコンビニの窃盗事件であり、誰もが回避したくなる仕事が回って来る。亮介は、誰に会釈するでもなく軽く呟（つぶや）きながら社会の悪夢で渦巻く署を出た。電車で二駅先の駅で降り、住宅街を足早に歩き、やがて周囲が安物普請のアパート、ワンルームマンション街に差し掛かった頃、軽く周囲を見渡しながら、階段を駆け上りベルを乱暴に押した。ドアアイに微かな気配がしたと同時に、金属性の音を立てチェーンが外されドアーが開かれた。亮介は捜査時のような手筈で中に押し入った。応対に出た女を抱きしめながら唇を奪い、両手で女のヒップをまさぐった。彼の常套の攻め方で始まり、いつものように獣のように果てた。菅山沙耶香（すがやまさやか）三十五歳、コンビニのアルバイト店員である。コンビニ窃盗事件の捜査途上で、関係者の事情聴取に敷島が憔悴（しょうすい）しきった沙耶香に、哀れを彼独特の感性で感じ、今の仲に発展した。勿論、刑事としてはご法度である。敷島亮介は四十四歳の独身であるが、今言うバツ一である。地方の国立大学の法学部を卒業した後、ノンキャリアで大阪府警察署に採用された。容姿は端正ではないが、陰があるものの甘い顔立ちであり、菅山沙耶香を、刑事という武器で脅した訳ではないようである。この歳でコンビニのアルバイトをしなければならない彼女の不憫（ふびん）さを、自己の至らなさのように感じてしまう亮介独特の心理が沙耶香に接する態度に表れ、沙耶香が亮介のその温か味の部分に魅かれた結果であろう。沙耶香の簡単な手作り料理にビールで喉を潤した後、軽く抱擁の挨拶を交わし沙耶香の居を後にした。小走りで表の道路にでるや、胸ポケットからキャメルを取り出し、煙たそうな目をしながら一服吸った。

暗い2Kの深江の賃貸マンションに帰り、シャワーを浴び今日の疲れを流そうとしたが、流しきれない心の叫びがリフレインし、腰タオルのままで冷蔵庫から缶ビールを取り出して、一気に飲み干した。亮介は、署の自分への処遇に納得がいかず、青春期に有りがちな焦りと、このままで良いのかという不安が、若くもない亮介に、自己への空しい叫びとなって眠る前の怯えた胸を締めつけるのであった。決して無聊を託っている訳ではない。

敷島亮介は、入署後府内の交番勤務を皮切りに、与えられた業務を順調にこなし、署長表彰の受賞歴はないものの、単調な業務の合間を見ては、持ち前の勤勉さで昇進試験にも果敢に望み、早い時期に警部補に昇進している。昇進の早い亮介に大阪府警南A署刑事課勤務の辞令が下ったあたりから、彼の人生は大きく変化したようである。刑事課勤務初期において、係長待遇であったが、若さと周囲のやっかみからか、雑多な業務を押し付けられていた時、ある事件が彼に回ってきた。署の受付に、クレジットカードの不正使用があったので届出を受理して欲しいとの問い合わせがあり、受付から刑事課で対応して欲しいとの依頼に、たまたま電話を取った亮介が担当した。エレベータロビーに向かうと、エレベータドアーの前に五十代半ばの濃紺スーツ姿のサラリーマンと思しき男が黒い鞄を持って立っていた。「木村さんですか」と声をかけると、深々と頭を下げ「ご面倒をおかけします」と言いながら近寄って来た。ロビーの椅子に座らせ事情を聴くと、会社で要職に就いていると思わせる落ち着いた丁寧な話し方ではあったが、刑事としては、この程度の観察で先入観を持つ訳にはいかない。木村は、事件の経緯が複雑であり、日時も経過しているとのことで、経緯を時系列に記載した書面を提示しながら話し出した。木村曰く、「同僚との十三での送別会後、三人でミナミに繰り出し、行きつけの割烹料理店で軽く食事をとり、次に行きつけのクラブでカラオケを歌い、路上で二人と別れ帰路に就こうとしたのが十二時前で、まだ最終電車に間に合う時間であった。少し歩み始めると、女性に引き込まれ、クラブのような店に連れて行かれ、恐らく睡眠薬のような物を飲まされ、その場で眠り込んでしまった。覚えているのは、トイレで激しく嘔吐を繰り返し、席に戻っても用意されたバケツに嘔吐していたぐらいであり、そのうち「閉店だよ」と言って外に放り出された。外は既に白みがかっており時計を見ると午前六時頃になっていた。その間の記憶は嘔吐していたことぐらいで、全く記憶にない。まだ、頭が痛く足が縺れ、とても一人で帰れる状態でなく、ビジネスホテルで体を休めることにした。受付で代金を払おうとし、財布から現金を出そうとしたが、一銭もなかった。仕方なくＪＢＣのクレジットカードを使用して、そのまま寝込んだ。十時頃に起きたが、まだ頭痛がする。難波駅で南海電車に乗車しようとしたが、定期券もなくなっている。駅員に相談し、定期券遺失の届をした。財布には、現金十万円、ギフト券が一万円分入っていたが、なくなっていた。まぁ、出費は大きいが、酔払った自分が悪いと、諦めていた」

「しかし、その後クレジットカードの利用通知を見て驚いた。明らかな不正使用、カードを提示した覚えが全くないのに、ＪＢＣカードから二件で十九万円、サゾンカードから二件で十万円の請求が来た。カード会社に連絡し明細を取り寄せたところ、記憶のない時間帯に四件、それも十二時から約二時間おきに六時まで、全く知らない店を四件ハシゴしたことになっている。これは、大変なことになったと思い、現金は出てこないだろうが、カードの不正使用は止められると思い、カード会社に連絡するも、状況を根掘り葉掘り聞かれた挙げ句、狂言のように疑われ、最後は『警察に被害届を出してくれ』話はそれからだ、というような感じで、本日、管轄の南Ａ署に来たわけです」

「木村さん。貴方の言われることは分かったが、肝心の部分で記憶がないでは、その場で現金を取られたのか、カードを不正使用されたのか、立証できないでしょう。それに、現金所持も十万円は多くないですか？」

「だから、何かの薬等を飲まされ記憶がなくなったと推量している。現金は、送別会の会費六万円が含まれているので、多くなっている。送別会の店にはＪＢＣカードで支払った」

「路上でアナタは引き込まれたと云ってたが、泥酔していたのか、嫌なら逃げられただろう。相手の顔、店の名前、店員の顔とか覚えていますか？」と、明らかに疑念を持った態度で聴取すると、

「酔ってはいたが、もう一杯ぐらいならいいかと、いう気持ちはあったが、今となっては、それ以降の記憶がない。この行動自体が何か私の落ち度となるのか！　店に入ったからと

いって、現金強盗、カードの不正使用を認めた訳ではない。記憶がないので、店名も人物の顔も記憶にない。もう一度会っても恐らく分からないと思う。多分、その時は覚えていたというか、認識をしていたと思うが、眠らされた時点で記憶を失くしたのだと思う」と、理路整然と答える。何か、事前に練習してきたような受け答えであると思われた。

「何れにしても、そのような曖昧な供述では被害届として受理できない。当署にも相談窓口があるので、そちらに書類を回しておくので相談してみてください。それに、カードの不正使用については、カード会社が保険に入っており、警察に持ち込まなくてもカード会社で対応できる筈ですがね！」と、一件落着と思わせる言葉で締めくくった。

「カード会社に相談したところ、警察の被害届が必要と言われたから、ここへ来ている」「カード会社がそんなこと言うの！　怠慢だよな。何でも警察に持ち込んで！」と敷島との嫌味なやる気のないやり取りの後日、木村は警察相談室からの連絡を待ったが連絡がなく、一週間程して木村から南A署相談室に電話を入れたところ、「当署から連絡するようなシステムになっていないが、担当官の誤りでしょう」から始まり、敷島亮介と同様のやり取りを繰り返させられたことが、木村の正義感に火を付けたようであり、警察の対応の悪さに、「一人の人間が被害にあって困っている。薬を飲まされたと云ってる事を調べもせずに、曖昧だという。誰か刑事一人が私とその店の住所へ行って、不正を問い質せば、解決することではないか。それとも、自分で、その店に行って取り立てて来いと云うのか。私は、このような不正を許せない、断じて処罰する！」と、電話連絡を最後に音信不通となった。

　木村は、その後、両カード会社に、警察との遣り取りを隈なく伝え、サゾンカードは一部不正使用があったことを認めたが、ＪＢＣカードは全く聞く耳を持たず、『アナタが悪いのではないですか』の一点張りだった。木村は、ＪＢＣカード会社に「お前たちは、悪質業者・詐欺集団とグルになり、双方が儲かる仕組みを構築し、消費者を地獄へ送り込もうとしているのだ。まだ、悪質業者への支払いが終わっていないなら、何故、支払いを止められないのだ」と捲し立てたが、

「カード決済は、そのようなシステムになっておりません」と、マニュアルどおりの冷たい返答に、ますます高揚し、

「それに、カード使用時はサインをする筈だが、サインが私のサインと確認できているのか。私が使用していないと云っているのだから、不正使用だろう。何故、認めない。調査しないのだ。それは、グルだからだろう」と罵り、続いて、「カード会社は正義を質さない、関係ない。消費者が勝手に騙した相手から取り返せ。と云うことであれば、私自身が実行する。私は金じゃないんだ。このような悪質な人間を許せない。相手がシラを通すなら、ミナミの繁華街に首が転がることになるだろう」と叫び、電話を切った。

　果たして、二か月後、同日に、ミナミの二つの店で女性の首が切断された死体が店内に遺棄されるという猟奇事件が発生した。それも、店内で衆目の眼前で実行され目撃者も少

なからず存在した。捜査本部が設置される間もなく、JBCクレジット会社大阪支店に乗り込み責任者の首を刈ろうとした寸前に、木村は警察に身柄を拘束された。拘束された木村は何の弁明もすることなく、拘置所内で舌を噛み切り果てた。この事件に対する警察対応の悪さ、処置の悪さがメディアに露見し、世評に叩かれながら、署長を始め多くの処分者が出た。

木村は、サゾンカードにクレジット機能が付いていることさえ知らなかった。映画好きの木村が映画のマイレージポイントを利用したいためだけに作ったカードであり、酔った木村がこのカードを提示する筈がない。誰かが財布から抜き出したと、素人でも考えられる初歩的な聴き取りを見落としている。警察は有力企業、組織、有力者等に対しては、それなりの対応をするが、善良な一般市民は、危害が加えられない限り、自己責任とし、対応しない。弱い立場の市民を被害から守るはずの組織が、ましてや市民税等で賄われている組織が、同業、大企業、資産家、悪人等のみを擁護する姿勢が許せなかったのであろう。木村は、凡人ではあるが正義感の強い典型的な中年の紳士であり、最後には『警察の正義』なるものを信じていたが、それが適わない、悪に与する者への落胆から、彼の武士道に則り、潔く自己完結の行動をとったと察せられるが、しかし、ここまでの暴挙に出るには、他に何らかの理由が有ったのかも知れない。

言い古された常套句であるが、初期対応が慎重に丁寧に行われておれば今回の事件は未然に防げたと、敷島亮介に三か月の減給の懲戒処分が下った。当然に署内で厄介者、鼻抓み者扱いにされ、他署に異動になり現在に至っているが、閉鎖的でマイナス人事が罷り通る警察組織において、亮介の個人情報は筒抜けであり、当然に、屑のような仕事が回って来るようになった。当時、メディアは本件を大体的に取り扱い、警察の古いオカミ的な体質を徹底的に叩いたが、半年もすれば、いつものように、他の大衆迎合的スキャンダラスな話題に走って行った。

不思議なことに、事件の原因となっている筈のクレジットカード会社、悪徳飲食業者が叩かれるシーンはなく、最終的には、常軌を逸して犯行に及んだ木村の人格異常にだけスポットを当てた形に止まった。

当時、全国一の刑法犯罪認知数という汚名の大阪府警は、事件数を減らすように、各署員にも伝えていたが、犯罪撲滅のためのスローガンが犯罪隠蔽に向かい、逆に今回の事件を惹起するに至ったとも言えなくもない。また、木村にとっては、大阪府民八百万人有余の生活を二万数千人の警察官が守るという口上も茶番に過ぎず、ただ犯罪者のために存在しているに過ぎないと、思えたのであろう。

しかし、敷島は「酒を飲むなら、それ位の覚悟をして飲めよ。自己責任だろう。俺が悪い訳じゃない！」と、その後も思いつつも、木村が違う意味での自己責任を完結したことに驚き、嫌悪感を抱きつつも、内心、不思議な共感を持ったことも確かである。

「俺でなくても、誰がこの事件を担当していても、結末は同じになっている。全くの不条理である」と、とばっちりを受けたと荒れ狂い、自暴自棄に陥っていたが、暗い心の底の微かな叫び、自己にもどこか同様な行動心理があるのを否定出来ないまま、己の傷を舐めていた。そして、シェークスピアの『備えよ。たとえいまでなくともチャンスはいつかやって来る』と呟き、自己を鼓舞した。

そんな敷島も、事件から十年経ってほとぼりが冷めた頃、四十二歳で警部に昇進したが、ラインから外され肩書きもなく、任される仕事は相変わらず署の駆け出しクラスの仕事であり、世の底辺を這いずり回るような仕事に心身ともに汚れていった。

大阪堺泉北ニュータウンで、平成二十二年六月に発生した男児誘拐事件は、今では捜査本部も消滅し、事件も関係者以外では風化していた。

大阪府警管内での誘拐未解決事件の多さに警察幹部も捜査方法の見直し、昔の明るい村社会のような家族情報の共有を、個人情報保護法に抵触しないように民間に呼びかける対策を採る等の努力を行っていた矢先に、アメリカでの少女誘拐捜査にＦＢＩが透視家を起用して成功したと云うニュースが大々的に報道され、ＴＶ等でも再現映像を流し世間にアピールされたことにより、大阪府警の未解決である男児誘拐事件にいやが上にもスポットが当たることになった。

「なぜ、探し出せない。犯人を野放しで大丈夫なのか、警察は何をしている！」とメディアが再びセンセーショナルなアドバルーンを打ち上げた。警察はこの種のメディアを低俗プロパガンダーと見なして、嫌悪を顕わにしているが、警察が動かないからメディアが取り上げ、警察を動かしたい、と云う動機づけは、メディアの本分であるとは云える。

大阪府警本部長室では、本件について、刑事部長、管理官が呼び出され、即座の解決に取り組むよう厳命された。管理官までが呼び出されたのには、それなりの理由があった。

その厳命から一週間後に、泉北T署の一室に男児誘拐事件捜査室が、密かに看板も掲示せずに設けられた。時は平成二十七年六月二十日であった。そこに、敷島亮介の名があった。亮介をチーフとし、敷島の上部は、府警本部から出向の遠藤管理官という異例の編成となった。その日の内に、敷島は管理官から呼び出され、「大阪府警、如いては全国の警察官のために、身を賭して頑張ってくれ。この事件を解決するまでは、君の存在は大阪府警には存しない。最終的には管理官の自分が全責任を取るので、思いっきりやって欲しい。期限は本日から半年とする」と言い渡された。そして、捜査に入る前に、科学捜査研究所（科捜研）の中田研究主任とコンタクトを取るように伝えられた。

全く、事件内容も捜査方法も解らないまま、敷島は事件調書を丸三日かけて読み込んだが、何の手掛かりも掴めない。「どこから手を付ければいいのか！」

敷島にとって、府警本部は足の向かない場所であり、久し振りの大阪城の堀端をスイッチバックするが如く歩みながら、漸く府警科捜研に到着し、中田恭子を訪ねた。

「ヨオッ恭子ちゃん。久し振り」

研究白衣でデスクに向かっていた恭子は、美しい白いウナジをひねりながら頭を上げ、

「突然、どうしたの?」と驚きを隠せないような素振りを見せた。

「よく言うよ。君のとこへ行けと言われて来たんだぜ」

「またまた、私に会いたくなって、サボってきたんじゃないの」と、素っ気なく微笑んだ。

「男児誘拐事件の担当になったんだが、何か聞いてない？」と訝しげに尋ねると、

「その話ね。ここじゃ、都合悪いから、後で、一杯付き合ってよ」と云われ、勿体ぶるなぁと心で呟き府警本部を後にした。

千日前に在る安普請の料理屋のカウンターで、一人飲んでいると、二十分程遅れて、中田恭子が現れた。「ゴメンゴメン。雑用が多くてね」と云いながら、警察関係とは見えない、しなやかな身のこなしで席に着くなり、

「私も良く分からないのだけど、業務命令なのか、冗談なのか、判断に迷っていたんだけど。今日、敷島さんが私を訪ねて来たので、話を前に進めなきゃ！　匙は投げられた！と思っているところなの」

「俺に何をさせたいんだ、ウエは」と怪訝にくわえたキャメルに火をつけた。恭子は、

「もう、一か月近く前になるけど、突然、管理官が来て、中田君は科学警察研究所で、透視捜査について研究したと経歴にあるが、それは、役に立つものか？」との唐突な質問に対して、

「それは、私の業務に役に立つということなのでしょうか、それとも透視捜査が役に立つか、というものでしょうか」

「相変わらず小賢しい受け答えだね。両方に決まってるじゃん」と管理官は冷笑した。

「研究所員としての立場から申し上げられることは一つです。捜査に役立つという確証は未だにありません。極秘裏に約五年に亘り、日本全国の二十三名の自称透視家を対象に調査、実験を行いましたが、いずれも何らかのトリック、偶然、或いは解明できないが虚偽であるとの疑義が生じ、透視が捜査に百%有用であるとの確証を得ることができませんでした。これは、Tプロジェクト調査報告書に纏め研究所長に提出しています」と中田があくまでもビジネストークを貫くのに対して、管理官は、

「五年間無駄に経費を費やして来たと云うわけか。それでも、中田君。表面上はそういう結論かもしれないが、所感としても、何も得るところがなかったのかな？」と、シニカルにお道化て見せた。

「多くの実験をした中で、明確に透視力として説明できる事例はありませんでしたが、ただ一名、未だに私人身も納得できていない人物がいました。しかし、何度も言いますが確証は得られませんでした」との相変わらずの態度に、

「中田君。例の未解決の男児誘拐事件を知っているね。大阪府警としては警察の威信にかけて解決せねばならない。ということを君は理解できるかね」と、威圧的に示唆した。

「まさか、この確証の得られない透視捜査を実際に使うということですか？」

「いや、警察としてそのような確証の得られない捜査方法を用いる訳に行かない。この度、泉北T署に極秘に『男児誘拐事件捜査室』を設ける予定であり、例の鼻抓み者の敷島警部

を担当にする。何とか相談に乗ってやってくれないか。ただし、君個人として協力するということだ。この点を勘違いしないで欲しい。警察は透視捜査などできないということだ。失敗して、表に出た場合は、個人的な捜査として、責任を取ってもらう」と、強い口調の割には、半分懇願の情が恭子には窺（うかが）えた。今日、敷島が現れるまでは、管理官の言葉が半信半疑であったが、今、確信に変わった。

「敷島さん。貴方に全面的に協力するけど、このまま、貴方と道連れに警察から抹殺されるのは勘弁してよね」

恭子は、何故、管理官が唐突に自分の前に現れたのか、幾ら窮地の策とは云え、事前に私の研究を調査し、警視庁、検察庁、いや、そんな上層部でなくとも、府警本部を超えた部署のどこかが動いているのでは、と思ったが、敷島には告げないでいた。

「俺は、飛び抜けてはいないが、標準レベルにはあると思うんだが、警視も、君も、俺に何をさせるつもりか、全く理解できない。まさか、そんな嘘っぱちな霊能者や、占い師や、透視家らを俺に信じろと、捜査に用いるよう、要求するつもりじゃないだろうね。『君らの期待は、俺にとっては苦悩の素だ』ぜ」とシェークスピアを引用して見せた。

「今、貴方の捜査はどこまで進んでいるの、どんな方針なの？　貴方の捜査方針に口を挟（はさ）むつもりはないが、捜査の一つとして、試してみてはどうかということだわ。八方塞がりを打破する一助としてみてはいかが。ただ、科学者として申しておきますが、私は決して信じることができない。私には既に結論が出ている。ということだけは分かって欲しいの」

「恭子ちゃん。俺は、『賢明に、そしてゆっくりと。速く走るやつは転ぶ』が信条だよ」とおどけて見せて、「それにしても酷い話だよね。君が推薦しておいて、それは手品みたいな物だと云うのは、どういうことだよ。もう一度、調書を読み直し、また来るよ」

敷島は、帰りに沙耶香の部屋を訪れたが、気の乗らない愛撫に終始した。沙耶香もそれを感じたが口にも出さず、いつものように、軽い食事を提供し、亮介は素早く平らげ、アパートを後にした。獣が決まった獣道を通るように、外での一服を忘れず済ませ、帰路に就いた。

平成二十二年六月に発生した男児誘拐事件は、日本中が南アフリカでのサッカーワールドカップTV観戦で盛り上がる雨の中で発生した。

春日台小学校を三時に帰路に就いた（教員の証言）新谷未来君二年生、七才が午後七時になっても帰宅せず、心配した親が泉北T署に届け出た。普段はどんなに遅くても六時には帰宅しているが、何の連絡もなく未だ帰宅していないため、心当たりに連絡をとるが所在をつかめず、必死の思いで失踪事件として捜査の願いを申し出た。

事件発生から十日間で延べ五百人を動員してローラー捜査を行ったが、全く証拠、目撃情報も出ていない。正に、神隠しにあったのではないかと後日云われた。警察は、未来君の顔写真、当時の服装を公表して、マスコミの協力も仰ぎ、異例の公開捜査を行ったが、何の手掛かりも得られなかった。それに、犯人からの接触、要求もなく、事件は全く行き詰ったまま、何の進展も見せないまま現在に至っている。当然に生死も不明である。

「証拠が皆無なんて考えられないだろう。足取り捜査はどうしたんだ」

失踪当日、局地的なゲリラ豪雨が降り、人間の気配すら流し去る大雨であった、恐らくその影響で証拠等が洗い流されたのかも知れない。

「しかし、何か残っているだろう」と、この事件の異様さと、何か得体のしれない恐怖を覚えた。

噎せ返すような匂いを放つ熱は、地面を今にも焦がしてしまいそうで、雨が望まれる季節であった。科捜研の中田恭子のデスクを訪ねたのは、そのような日の昼下がりであった。額から噴き出る汗を拭きながら、

「恭子さんよ。参ったよ！　やっぱり、俺に力を貸してくれよ。前回話していた胡散臭い透視家の一人について、君は自信があるんだろうね」と懐疑的に且つシニカルに、恭子に尋ねた。

「自信はありませんが、一人だけ不審な者がいると、前に云いましたわね」

「不審？　そんな人物を推薦するのかよ」

「だから、自信もないし、推薦もできないって、先日も云ってるじゃない！」

「おいおい、そんなに声を荒げるなよ。皆ながが、俺がセクハラでもしたように思うじゃないか。まぁ、その不審者とやらについて、詳しく教えてくれないか」

「分かったわ。資料等を整理して後日お知らせします。申し添えますが、これは極秘情報。情報提供者名も警察が関与していたことも漏らして貰っては困ります。私の誠意のみで行うことですから、その辺を充分ご理解ください」

「相変わらず、固いこと言うね。君の誠意に答えるのは大変だけど、善意で結構ですから、何卒お力添えを！」と、いつもの様にお道化てみせた。

一週間が経った雨の早朝に、中田恭子から連絡が入った。勤務後に自宅に来て欲しいとのことだった。朝からの雨は次第に大雨に変わった。

敷島は、雨音が耳に残り、調書に熱中できず、ただ眺めているに過ぎなかった。自己の無力感を感じつつも、何にも糸口が見つからない作業を終え、恭子のワンルームマンションに向かった。教えられた、部屋番号を押すとセキュリティが解除され、エレベータに乗り五階で降り、部屋のベルを押した。グレーのスーツ姿の恭子が現れ、室内に通された。恭子同様、全く色気のない簡素な部屋であったが、テーブルにウエッジウッドの皿の上にバゲットと濃い赤色のワインが用意されていた。

「敷島さんは、毎日飲んだ暮れてて、碌（ろく）なもの食べてないと思って、家庭料理を作ったの。話の前に、どうぞ食事してください」

「へぇー、恭子ちゃん、ちゃんと料理できるんだ。気を遣わして悪いね」と云いながら二〇〇八年のボルドーを手にして、ラベルをしげしげ見ながら「この年のブドウの出来は、どうかな」と茶化しながら、ウイング式ワインオープナーを手に取り、慣れた手つきでコルクを開けた。

「俺だけ頂くのもなんだが、テイスティングだけさせて貰おう」と、グラスに赤紫色の液体を注ぎ、香りも嗅かずに、無作法に一気に飲み干した。

「旨い、旨い。さぁ、恭子ちゃんも一杯いこうよ！」と、もう一つのグラスに、半分程度注ぎ込み、自分のグラスにも同様に注いだ。

「乾杯！　何に乾杯か知らんけどね」と恭子のグラスと合わせた。

「へえー。恭子ちゃん、料理上手いんだ。これ、鶏のホワイトソース煮って云うのかな。旨い！」と一人で喋りまくった。恭子は、亮介の食べる間、殆ど無口で過ごした。

暫く、何とも言えない静寂が漂い、亮介はその沈黙に耐えかねて、

『言葉が役に立たないときは純粋に真摯な沈黙がしばしば人を説得する』か、とシェークスピアを引用してみせた。

「恭子ちゃん、どうしたの？　無口じゃないの」

恭子は徐(おもむろ)に言葉を紡(つむ)ぎ始めた。

「例の研究資料を纏めていて、やはり、どうしても、調査に応用するのは無理があると思ったんだけど、それを敷島さんに紹介するのが後ろめたくてね」

「俺もバカじゃないし、そんなマヤカシもの、端から信じてないよ。騙されないよ。こちらはちゃんとした、科学的捜査をしますから。それに、失敗しても、警察には何ら迷惑がからないようになってるんだろう。どうせ、俺一人の責任でチョン、だろう」と、悟ったような台詞(せりふ)を吐いた。

「何か、銃撃戦の戦場に送り込む様で、気が引けてるの」

「心配いらない。例え失敗しても、警察にも君にも迷惑をかけない。まぁ、失敗するなん

て、思ってもいないけどね。それより、研究の詳細を話してよ」

「研究の詳細は話せないけど、敷島さんに紹介する人物について、お話しするわ。科学捜査研究所で、いわゆる霊能者、占い師、透視家、その他の特殊能力者を事件解決に援用できないか、と云う特命の実験を行った。Tプロジェクトと呼んだの。約五年間に二十三名の特殊能力者を対象に研究したの。大部分は、初期の段階でトリックが判明してしまうのだけど、その中で一人が最後まで、能力者であるかどうかの判断が付かなかった。その男は自称、透視家と名乗り、科学的実験で高い確率で正解した。また、彼は、過去に警察に誘拐犯人の居場所を知っていると名乗り出て、捜査に情報提供を二度行っている。うち一件は、現調査では彼の能力を疑う材料が出ていないの、彼の透視した場所から小児の遺体が発見され、犯人までも特定しているの。もう一つは、のちの追跡調査で、彼が、何らかの関わりで小児を遺棄したのではないかとの疑いが掛けられているものの、彼が透視した場所から遺体が発見されたの。誘拐、殺害、遺棄等の事件に彼が関与した証拠は現在も出ず疑いのままね。このこともあり、一件目の彼の能力を積極的には立証するに至っていないの。それに、科研としては、これ以上捜査結果に首を突っ込めず、調査研究は不要と、打ち切ることになった」と科学者としての無念さが白い肌を紅潮させた。

「一件目の事件には、彼はどのように関わったのかなぁ」と亮介の言葉に愈々(いよいよ)魂が宿りだした。

「平成十二年の栃木で起こった女児誘拐事件、当時、小学一年生、七歳が学校帰りに車で連れ去られた事件で、二年後、彼が犯人はAであると、警察に情報提供したの。その根拠が、彼が被害者の遺留品から透視したということになっているのね。彼の情報提供から、警察はAについての状況証拠等の捜査後、一週間後にAを容疑者として拘留。Aはさほど時間もかけずに犯行を自白。マスメディアには、『犯行現場の遺留品からAを犯人と断定』とのみ発表され、透視等は伏せられたわけ。この詳細については、資料に纏めてあるわ」

「警察も、そのような確証の得られない情報で動いてたんや。そのうち、その方法が警察の主流となって、俺たちは交通とテロ対策に駆り出されることになるんやろな。それで、その透視家の素性は?」

「町田泰三、男性、住所不詳、年齢不詳、六十歳前後。ハッキリ言って、詳しくは分からない。胡散臭い人物であることが、最後まで払拭できなかったわね。それに、軽犯罪で一度の逮捕歴あり、小児に猥褻行為をした。子供の敵よね」

「後で、資料を読ませて貰うけど、透視とか云うのは、若く、脳ミソが柔らかくないとダメなんじゃないの? 『輝くもの、必ずしも金ならず』だが、それにしても胡散臭いね臭気が漂(ただよ)うぜ。俺が担当だったら、即刻、容疑者として逮捕する相手だね」

「先入観捜査はご法度よ!」

「よく言うよ、君の誘導じゃないか! 大体の人物像は描けたが、本当に、そのような能力を持っているのかね。今の話からしたら、ただの変態、アブナイオヤジじゃないの。それで、どこへ行けば会えるの？」

「住所不定だけど、私だけが連絡先を知ってるの。私から連絡して、会えるようにするわ」

「君だけが連絡先を知っていると云うのも、なんだか怪しいけどね。とにかく、会わせてよ」

久し振りに、食事をしながら楽しい会話を持った亮介は、これから困難が降りかかる捜査のことなど忘れ、束の間の温かい気持ちで恭子のマンションを後にした。早朝からの雨は止み、不気味な静けさが支配する夜道を帰路についた。

木々の緑も、昨日の恵みの雨に生き生きと輝き、夏場にしては珍しく爽やかな朝、敷島亮介を訪ねて好青年が署を訪れた。

「ご苦労様です。本日付で泉北T署刑事課に配属された北村翔(きたむらしょう)です。只今、赴任いたしました。よろしくお願いします。敷島警部を訪ねるように、との指示を受けてまいりました」

「敷島だが、どういうことかな。何も聞いてないぜ。赴任って、俺のところへ？　間違いとちゃうのん？　まあ、管理官の所へ行きましょか」

亮介は、エレベータを待つ間、どうして、俺に何も話さずに、何も指示しないまま、ことが進められるのか？　俺の存在は何なんだい、と言い知れぬ怒りと不安が込み上げて来ていた。

二度の強いノックの後、「敷島、入ります」と云って、ドアーを開けるなり、

「管理官！　これは、一体なんですかね。得体の知らない若造が、私を訪ねてきましたが」

「警部には、伝えてなかったかなぁ。君の補佐に、飛びっきり優秀な人材を確保した」

「優秀、確保、と云ったって、若造じゃないですか、お荷物になるだけでしょうが」

「敷島君。本人の前で失礼だろう。北村警部補は、東京大学法学部を卒業したにもかかわらず、ノンキャリア希望で、入署後五年という異例の速さで警部補に昇進し、当署に配属された将来有望な逸材だよ。協力して、やってくれよ。それより、捜査の方はどうなっている。何の報告もないが」

「東大が、そんなにエライんですかね！　ただの変わり者じゃないの。まあ、上からの命令とあれば、受けざるを得ませんがね。事件については、全く進展せず、ご報告するようなことはありません」

「敷島君！　何を、そんなに開き直ってるの？　男児誘拐事件解決が君に課せられた唯一の仕事だぜ。バカを言ってる暇があるんだったら、現場でも歩いて来い！」

「わかりました。そうさせて貰います。失礼します」と、北村翔の紹介もせずに、部屋を出た。降りるエレベータの中で、北村は

「すいません。私のために、ご迷惑をおかけしました。一日でも早く、御役に立てるように努力します」

「いいの、いいの。俺もイキナリだから、切れちゃったのよね。仕事については今のところノーアイデア、ノープランだから、まあ、事件については、君なりに調べることから始めて貰おうか。蛇足だが、二人捜査が原則だから、君一人の捜査はアカンで。君を捜索する破目になりたくないからな。今夜、空いてるか、歓迎会せなアカンな、云うても二人だけやけどな」

「有難うございます。宜しくご指導ください」

南海電車堺東駅の改札を出て、二、三分歩き、小ぢんまりしたカウンターだけの小料理屋に入った。中は、時間が早いのか客は居なかった。四十代の小太りした女将が上目遣いで「いらっしゃーい！」と、どこにでも好きなところ座るようにと案内した。十席ほどのL字型のカウンターの一番奥に腰を落ち着かすや否や、

「瓶ビール頼むわ。アテに、何か見繕(みつくろ)ってよ」と云うなり、『コップを早おう出せよ』と云わんばかりに「コップ、コップ」と連呼して二つ要求した。

「はーい。お待たせ」とビールの栓を抜き、敷島に注ごうとしたが、

「いやいや、ビール渡して！　今日は、こいつの歓迎会や。まずは、お客さんからや」と云いながら、ビールを勢いよく北村に注いだ。

「さぁ！　乾杯や。将来のある若者や、頑張ってくれ！　何にも教えられへんけどなぁ」と少々手荒い歓迎会となった。北村は、殆ど話すこともなく、高揚した敷島の独り舞台であった。三軒ほどハシゴし解散となった。


翌日、北村は脳ミソに霧がかかった状態で出署したが、敷島は午前中に回るところがある、との連絡を北村に入れ、昼からの出署となった。見るからに酔いが抜けていない敷島に、「大丈夫ですか、警部」と北村が声をかけると、

「俺達は、一瞬の判断を誤ると飛んでもないことになりかねない頭脳集団なんだよ。出署した限りは、頭脳は明晰でなければならない！　よく、頭に入れとけよ！」と訳のわからない自己弁解を説法に切り替え賜ることになり、

「私は、呑んだあくる日は這ってでも出て来いと教えられました」と、悪びれることなく北村が応じた。

「そんな、体育会系のような、脳ミソが筋肉で出来た奴の教えを金科玉条の如く大事にして、人の命を守れると思っているの？」と敷島は吐き捨てた。もう、これ以上の議論は不毛である。昨夜、酔った敷島が発した『神は、我々を人間にするために、何らかの欠点を与えるもんなんだよ』と云うシェークスピアの名言が今になって妙に北村の心に刺さった。

高い樹々に覆われた緑道は、時折、風に揺られた葉の合間から鋭い光が漏れるものの夏場の都心よりは格段の冷気を保っていた。このような時期の五年前に事件は起こった。

　少しは涼しいとはいえ、夏の事件現場を中腰で這い蹲るのは地面の反射熱を体前面に浴び、暑さと眩しさで耐え難いものがある。

「おーい。休憩にしょうや！」と、トカゲのように這い蹲っている北村に、敷島は額の汗を拭きながら声をかけた。

「現場は、本当に此処なんですかね？」と腰を押さえ立ち上がりながら北村が問うた。

「分からんよ。目撃者も遺留品もないんだからな。全くの見当違いの場所かも知れんな」

「ホシは、周到な計画の下、実行したと云うことですかね、何の証拠も残さないなんて」

「いや、解らん。そうかも知れんが、事件当日の深夜にかけて局地的豪雨に見舞われ、足跡等の証拠が完全に失われた可能性もあり、偶然の産物かも知れん。まぁ、何れにしても、被害者の未来君が帰宅したと思われる道筋を辿る(たど)しかない」と、半分途方に暮れながら樹々を見上げた。

「局地的豪雨ですか、地面を舐め尽くした訳ですか。やはり、目撃者情報を探るべきではないですか」と、流れる額の汗を拭きながら云った。

「それもそうだが、遺留品捜査、現場百篇だな」と、キャメルを燻(くゆ)らせながら目を細めた。

数日に亘り、学校と未来君の自宅の間を遺留品捜査に努めたが、事件に関係ある証拠は得られるどころか、二人の疲弊は日々度を増した。

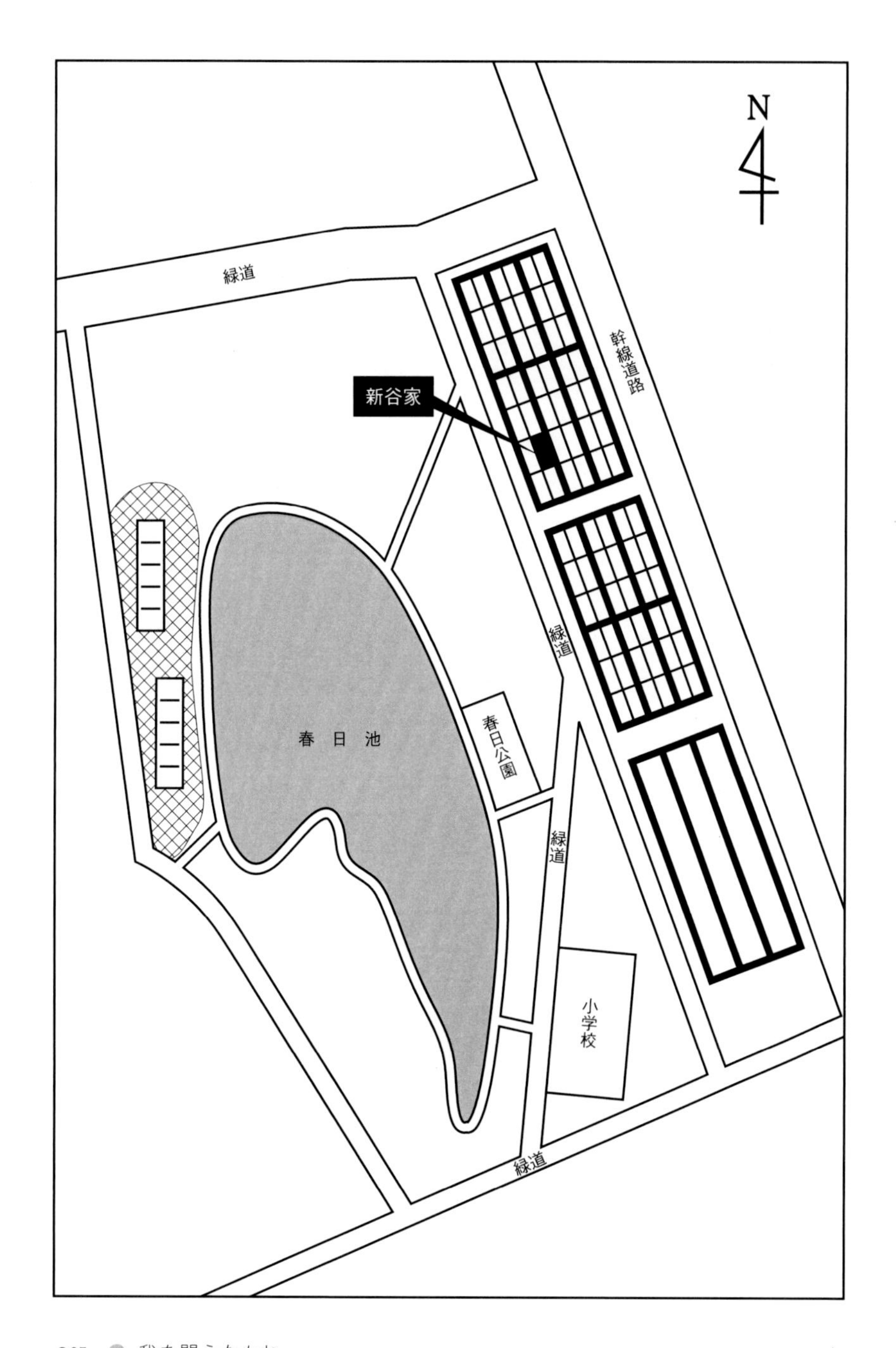
N
緑道
幹線道路
新谷家
緑道
春日池
春日公園
緑道
小学校
緑道

恭子から敷島の携帯に電話が入ったのは、恭子宅で食事をよばれてから十日程経ってからであった。

「明日、町田、町田泰三と会えるようにしたわ。十四時に、通天閣の喫茶ボンに来て欲しいの、一人で」

「ハイハイ。急な話だね、それにしても、通天閣かよ。署に呼べないの？」と相変わらずの調子で応対したが、

「それじゃ、お願いね。私は、行けないけど分かるようにしておいたから」と、恭子は急いで電話を切った。

「何なんだよ。ましてや、ボンなんて茶店知らんぞ。もう一寸、女らしく丁寧な対応が出来ないものかねー」と、呟きながら周囲を見渡したが、誰もいない。それもその筈、十畳ほどの部屋に敷島と部下の北村しかいないのである。北村も本日は本部で研修のため不在である。外の喧騒が嘘のように静まり返り冷気さえ覚える部屋で、敷島はこれから会う相手に言い知れぬ恐怖を覚えていた。


朝からの熱さは既に道路を焦がし、ドヤ街は独特の臭気を放っていたが、汗をボタボタ垂らしながら急ぐ敷島には自分の汗の匂いと区別がつかない。喫茶ボンは木造の平屋で、こんな店が今までよく残ったと思わせる風情で、陽炎と臭気の中にこじんまり佇んでい

た。木製の風雨に色褪せたドアーを引くと、カランカランと呼び鈴の安物の音がした。客の視線が明るい光の差し込む入口に集中したが、一瞥すると何も無かったように静寂にもどった。中を見渡し、どう見ても胡散臭い六十はとっくに超えていると思われる男のテーブルの前に進み「町田さんですか」と、押し殺した声を発した。

敷島には、男の風貌も特徴も伝えられていなかったが、見た瞬間に『こいつだ!』と確信した。男は上目づかいで敷島を見ただけで、読みかけのスポーツ新聞に目を戻し、無視した。

「町田泰三さんじゃないですか。少し、話を聞きたいんだけどね」と強引に男の前の席に座って、足を組んだ。それでも、男には反応がなく、敷島は汗で湿った胸のポケットからキャメルを取り出し、乾燥した唇に銜え火をつけた。

「オッサンも一本どうだい」とボックスの上蓋を開け男の顔の前にさし出すと、

「お兄ちゃん。珍しいタバコ吸ってるね。日本じゃ、もう売ってないだろう」と重い口を開きながら、太い指で一本摘まみだし、繁々と見つめながら、さらに言葉を紡いだ

「お兄さんが、日本じゃ手に入らない煙草を吸えるのは、桜の大紋を利用して相当悪いことしとるな」と敷島を蔑んでみせた。事実、敷島は目をかけた個人貿易商が合衆国に行く度、五カートンを無料で手に入れていた。それよりも、敷島が刑事であることを認識していたことに、少し動揺しながらも、

「オッサン。ここじゃ何だから、場所変えて、冷たい物でも飲みながら話さんか?」と単刀直入に、自分のペースに持ち込み、町田を急かすように二人で席を立ち、店を出た。出がけに、店のオバハンから「店に入ったら、コーヒーの一杯でも飲んでいかんかいな!」と罵声を浴びせられた。

通天閣から二人の姿が窺える範囲で、敷島は路地から路地へ渡り、一軒の居酒屋に入った。この辺りは昼間から、いゃ、場所によっては朝から開いている立ち飲み屋風情が点在していた。

「オッサンよ!　いゃ、町田さんで間違いないよね」と、唐突な質問に、

「そう呼ばれている」と、町田は日に焼けた顔にハニカミを浮かばせ、恍けてみせた。

「町田さんよ、今日のとこは旨い酒でも飲んで、与太話でもしょうぜ」と、出された発泡酒の生ビールで乾杯した。敷島は先程吐いた言葉とは裏腹に、

「町田さんは、どこの出身、何歳?」と職務質問を始め出したが、町田は質問をはぐらかしながら、素性に関しては一切答えなかった。

「オッサンは、どこの誰だか分からんわけだ!　この御仁とどうやって、俺はタッグをくめるの?」と、呆れて見せた。

「敷島さん。酒を奢って貰いながら、こんな事云うのもなんやけど、ワシの素性は警察で調査済みでしょう?　それにワシは捜査に協力するなんて思っとらん。ただ、昔世話に

なった科捜研の中田お嬢さんが、アンタに会えと云うから来ただけや、マッタクゥ」と、口元に嫌らしい笑みを見せながら凄んでみせた。敷島もこの手の人物の言動から、心理を読み取ることは容易く、

「町田さん。アンタの力を貸して欲しいんだがね。協力してくれよ」と、心で舌を出しながら哀願たっぷりで町田に手を合わせた。

「いや、ワシのことを信頼するんなら協力するけど、アンタの猜疑心たっぷりのその眼を何とかして欲しいわ」

「スマン、スマン。職業柄でね、こればっかりはどうしょうもないわ」と、相手が機嫌を直したところで、条件を提示した。成果の有無と関係なしに、捜査協力費として、一カ月三十万円を前金で支払う。日割り精算はしない。期間は三か月間、九月末日までと伝えると、町田は

「金には困っとらんけど、ビジネスとして頂いとくわ」と勿体ぶった。

明日から署に来て欲しいと念を押し、その場で別れた。

平成二十七年七月二十三日、町田泰三との捜査協力開始の日を迎えた。特別捜査本部が設置されて既に一カ月が経ち、残り五カ月となった。敷島は、いつになく騒つく心を落ち着かせるように、部屋中をあてもなく歩き回った。午前九時、町田との約束の時間になっ

ても、本人は現れなかった。苛立つ敷島を、「所詮こんなもんですかね。得体の知れない男と云うものは」と、北村は助け船を出した積りが、

「お前ら若造に何がわかる！　俺が直接、ナシつけたんだ。それを反故にしやがって、拘留してやる！」と火に油となった。敷島は、町田に貸し与えた携帯を鳴らしたが、『電波が届きません』のメッセージ。「あの野郎、ぶち込んでやる。正念を叩きのめしてやる！」と荒れ狂った。北村は、お茶を汲み、敷島に進めながら
「警部。今後どのような捜査方法を採るのか、ベクトルを合わせるためにも、お聞かせ願えませんか」と申し出ると、

「それもそうだが、アイツが来なきゃあ、プランは白紙だぜ、アイツが現れたら、君ともキッチリ話させて貰うが、俺の邪魔だけはするなよ」と云い放った後、僅かの沈黙の後『敵のため火を吹く怒りも、加熱しすぎては自分が火傷する』かッ、昼飯食ったら帰るわ」と云い、署を後にした。もう、このころには北村も、敷島が『アベ』に行く位の察しがつくようになっていた。

敷島がパワーを充電、変身して帰って来たのが、十二時を少し回った頃だった。部屋に入ってくるなり、「北村！　飯は食ったのか？」

「いえ。はーい」と曖昧な答えに、

「どっちなんや！」と、聞き返すも、北村の返事を待つまでもなく、

「アイツは来たか？」と周囲を見渡し、「何してんだ、アイツは」と矢継ぎ早に、この事態を生じさせたのが北村かのように詰問している処に、

「こんにちは。敷島刑事に呼ばれて来たんですけど」と、人を食ったような態度で町田が現れた。

「どうせ、腹空かして、昼飯でもご馳走になろうという、見え見えの魂胆(こんたん)だろう。そんなもんとっくにお見通しだぜ。だがな、俺はそんなアマちゃんじゃねえーんだよ。北村！　部屋を用意してくれ、今から第一回会議だ」と、フルパワーで捲(まく)し立てた。

町田の、のらりくらりと人を食ったような話術で遅々として会議は進まない中、

「北村よ。『避けて通れない者は、抱擁してしまわなければならないのよ』」と、シェークスピアを引用しながら、「こっちに取り込まなければ上手くいかんだろう。わかってくれ」と、謎解きのような問いかけをしながら目配(めくば)せした。

北村は自腹でサンドウィッチを用意して、町田に食わせた。

「北村さんでしたっけ。アンタは良くできた刑事さんだけど、決して、そんな積もりやなかったんやで」と喋り終わる前に、サンドウィッチを摘まんだ。

「どうぞ、どうぞ。腹が減っちゃ戦ができませんよ」と、高等学歴の北村が安いフレーズを口にした。

「さあ、食い終わったら、また最初からアンタの素性を説明して貰いたいんだが」と、慎重

に敷島が切り出すと、

「あの、食事を貰ったから協力する訳じゃないし、協力金を貰うから協力する訳じゃないんや。勿論、強い動機付けにはなったが。理解して欲しいのは、真実の解明をしたい等と偉そうなことは言わん。ただ、救いを求める声に報いてやりたい！　そのためにワシの能力が役に立つのなら。誰に云っても信用してくれない能力を。ワシは人間としては全くクズな奴やけど、時に、人には見えないモノが視えんねん。これが特殊能力かどうかは分からんけど。しかし、これしかないんや、ワシには」と、滔々（とうとう）と流れるように、初めてマトモな口をききだした。

「町田さんよ。この三人は運命共同体だよ。アンタを信じて、真実を解明するために、捜査方法を切り替える。だから、もう少し、アンタのブリーフィングを頼むよ。それと、動機付けの協力金、七月分だ」と、封筒をデスクに置いた。

「これは、約束やから貰ろとくけど、難しいカタカナ言葉は勘弁してーや。一体、何から話したらええんやろ」と、封筒を尻ポケットに突っ込んだ。透かさず、北村が
「こちらから、質問しますので、それに応えて頂く形で進めたいと思います」と切り出すと、

「ほんなら、始めてくれ」と町田は真剣な面持ちに変わった。

「町田さんの姓名と出身地は？」

「町田恭介、岐阜県出身、六十歳」と矢継ぎ早に、協力的に応え出したところ、敷島が、「どうせ、偽名、出身地も不明、年齢は年相応かな」と揶揄するると、

「名前や出身地が、今回の事件で重要な問題なんか、ワシの素性を調査するのはアンタ達の仕事やろう！」と語気を強めた。そんな中、北村が
「事情聴取ではないですから、ここは、町田さんの仰ることをお聞きすることで、進めたいと思いますが」と口を挟んだ。

「北村！　お前は、なんでこいつに敬語なんだよ。初めから舐められてどうすんだょ」と、敷島は北村の性格を熟知しているにも関わらず捜査が相手ペースで進められる状況に、始まったばかりの段階から、演技なのか苛立ちを露骨に見せた。それを感じた町田は、

「ワシの話を聴くより、お二人の仲を何とかする方が先ちゃうんか」と嫌みたっぷりに、歯の抜けただらしない口元を開いて、ほくそ笑んだ。

「北村。先に進めよう」と促すと、北村は何もなかったかのように
「町田さんは、過去に、警察の捜査に協力したことがあったが、その話を聴かせてもらえないか」と切り出した。町田は、

「警察には多々協力してきたが、アンタ達が聴きたがっているのは、もう、十数年も前になるかな、女の子の誘拐事件の解決に協力したことかな。詳しいことは思い出せんが、署長から感謝状を貰っただけやで」と云い終えると、北村は、

「それは栃木で起こった女児誘拐事件のことですか」と、聴くと、

「そうだ。当時、ワシは関東を根城に、そこそこの生活を送っとった。ある日、朝のテレビのニュースで栃木の足利市で女児誘拐事件が発生したと知った。こんなニュースは別に珍しい事ではないけど、何かニュースの女の子の顔に引き寄せられ、数日間、得体の知れない悪寒に襲われた。この事件が原因やったかどうかは今も分からん。しかし、そのうち事件も風化して、マスコミに乗ることもなくワシも忘れかけとったんやけど……」と、云うと突然黙りこくった。

「何が、町田さんの心を動かすことになったのか」と、北村が急かすが、町田は頭を抱えて震えだした。敷島は、下手な芝居をしやがると思いながらも、

「町田さんよ。チョット休憩するか」と、キャメルを一本差し出した。町田は躊躇(ちゅうちょ)なく指で受け取り、火を催促した。安物のライターで敷島が火をつけると、町田は一気に大きく吸い込み、暫くして鼻から白紫の煙を出しながら、「数か月たっても、その女児の顔が脳裏から離れへんかった。事件発生から一年ほどして、その女児誘拐事件が未だ解決に至らず、本人の消息さえも知れないとニュースになった。その時、ワシは何故かわからんが、何か自分に出来るんじゃないかと思い、その事件の資料を集め出した。と云うても、警察に聴きに行くわけにもいかんし、自分で調査した」と、煙草を燻らしながら話しを続けようとしたが、

「自分で事件を調査したとしても、外部の者には、大した事は分からなかったんじゃないか」と敷島が口を挟むと、

「その通りや。警察と云うのは閉鎖的で、ニュース等で公開された情報以外は一切出さん。結局、その女の子の家に行って、女の子の私物を見せて貰うことになった」

「女児の家も、そんなに簡単に、門外漢を家に入れないだろう。マスコミですら両親から情報を仕入れるのが難しい状況下であった筈だが」と敷島が疑義を挟む。

「そら、こんな風体の男を簡単に受け入れてくれんわな。自慢する訳やないけど、平時の家庭なら門前払いがええとこや。しかしね、警戒する反面、親と云うのは藁をも掴みたいと願うもんなんや」

「それにしても、両親と話せるきっかけは何だったんだ。全く、要領を得んな！」と敷島は語気を荒げた。

「手紙を出したんや。単刀直入に、女の子の使っていた物を自分に預けてくれたら、必ず女の子を見つけ出すと」

透かさず、そんなウソ、作り話やと思いながら敷島は、

「そんな手紙出したら、警察にも知られることになると思うが、逆に容疑者としてマークされるぜ」

「不審者リストには挙がったと後で聴いたが、アリバイもあり、動機もないとのことで、

疑わしき、のままで終わったみたいや。それよりも、ワシとしては女の子の叫びが聞こえるような気がして、助けたいとの思いが先走っとった。手紙を出して、二週間程して、母親が隠密裏に女児の衣服と一冊のノートを持って来た」と、町田が云ったところに、珍しく北村が割り込んできた。

「いくら、藁をも掴みたいとの一念ではあっても、手紙だけで得体の知れない相手に、母親が動くもんですかね」

「実は、手紙を出して三日程経ってからか、警察が型通りの事情聴取にきた。根掘り葉掘り聴かれたが、ボケ老人が老婆心から勇み足をした程度に捉えたんちゃうか。それから、一週間、待てども、親からは何の応答もあらへん。恐らく、警察からも不審者との接触を止められたんやろけど。そこで、自分から女の子の親の家を訪ねた。事件から一年も経過しており、住居は普通然として、周りに警戒する気配もなかった」と、町田は勝ち誇るように話した。

「どんなショッキングな事件も一年も経過すると、あれだけセンセーショナルに書きたてたマスコミも、昼夜を徹しての張り込みなんぞはしなくなるものだ」と、敷島が付け加えた。

北村は、「それで、両親に会えたのですか」と先を急がせたが、町田は、どうしてか沈黙した。椅子の背に深くもたれ、タバコのヤニに汚れた素っ気ない天井を見やった。

「どうしました。疲れましたか、少し休憩しますか」と、北村は持ち前の優しさがそのまま出る青年であった。

町田は、頭を振りながら「いや、会ってくれなかったと云うべきか、母親が玄関先に顔を見せたけど、ワシが名を名乗ると、無言で扉を閉められてもた。ワシには、その時、何故会ってくれへんかったのか今でも分からん。ドアーを開けた瞬間、目眩がするほど女の子を感じた。あの時、話が出来とれば、生きたまま救えたかもしれへん、と今でも思っている」と、涙を流しながら残念がった。

「でも、どうも可笑しいですね。最初は家に伺って服等を受け取った。次には、母親が持って来た。と内容が変化しているように思うが」と北村が厳しい突っ込みを入れると、町田は語気を荒げながら「坊ちゃんよ。最初は、アンタ等に分かり易く、掻い摘んで略して話したったんや。要は、会いに行って一週間程経ってから母親が衣服とノートを持って来た。というのが正解だよ。これは取り調べやないんやろう。ワシの話を聴きたいのか、アンタらのストーリーを作りたいんか」と、一転興奮気味に机を叩いた。町田の中で熱いモノと冷たいモノが激しく交差し、このような顕れかたをするのである。

「今日は、この位にしとこか、初日だし。続きは明日にしようぜ」と敷島は打ち切った。

「町田さん。帰り道、大金なくすなよ！　明日は、何時にこれるのかな」と、下手に出ると、町田は、

「九時に来るようにと伺ってますが、もっと早く来ましょうか」と鼻で笑いながら丁重に応えた。

「じゃあ、九時で」と、敷島は軽く右手を挙げてさよならをした。

「警部。今朝話したように、捜査方針についてお聞かせ願えませんか」と、北村は本件の解決は自分にかかっているとの重圧からの悲痛な顔をして切り出した。

「北さんよ。まだ、早いが、一杯やりながら、どうだ」と軽く往なすと、

「こんな重要な話！　ええっ、どこへでも参りますよ」と北村は応え、二人は堺東の飲み屋街に向かった。


「北さんなら、どうする。残り五カ月で解決するには」と、敷島は北村を試した。

「自分は、町田に懐疑的です。信頼できません。このまま、無駄に時間を費やすように感じます。最終的には我々の能力が問われる訳ですから、後になって町田が悪いという訳にはいきません。ここは、町田を切って我々で調査すべきだと思います」

「北さんよ。お前の頭の賢さはよく分かる。最終結果を危惧しての結論だろうが、だがなぁ、ここが大事だから良く聴けよ！　今回の特命は町田を遣えと云うことだ。町田あり

きの捜査が前提だ。それで、結果が悪くても俺は止むを得ないと思っている。町田の事情聴取はまだ二、三日かかるだろうが、その話を聴いて奴を捜査に援用できるかの確証を得られるかが、今後の捜査の方針に大きく影響することになる。あんな、俺だって、こんな不審なオッサン信用でけへんがな」と、珍しく弱音を吐露した。

「警部の方針には逆らえませんが、我々警察官の捜査能力をバカにした話ですよね」

「まあ、カリカリ来るな！　乾杯だ」と杯を合わせながら、「でもな、北村君。まだ、我々は町田の事、能力等なにも分かってないんだ。まぁ、今日から始まったばかりやけど、捜査開始から一カ月が過ぎようとしてるのに、情けない実態や。でもな、今更焦っても仕方がない。明日から町田の本性を見極めたろぅやないか、『天の力でなくてはと思うことを、人がやってのけることもある』と、云うしな」と、自戒の念を込めながらシェークスピアを引用して北村に説いた。


翌日、九時になっても敷島は出署しなかった、昨夜も泥酔したのであろう。町田泰三は昨日と打って変わって、清々（すがすが）しい出で立ちで登場し、北村とにこやかに会話していた。

「町田さん。今日は早いお出ましですね。敷島警部は本庁に寄って来ますので、もう少し待ってください」と、お茶を安物の茶碗に入れて差し出した。

「敷島刑事は、ワシの受け答えが気に入らず、どこかにふけてんねんやろ」と、原因が己に有ることを自覚しつつも皮肉ぽく、北村の眼を見入った。

「町田さんは、両親、家族と云う類の縁者はいないのですか。緊急の時、連絡する相手があれば教えて貰うと有難いですがね」と話を変えた。

「自分は物心ついた頃から、ある家庭に貰い子として入っとった、後で分かったことやけどね。その家庭と施設を往ったり来たりしとったように思う。その家庭も今じゃ生存者はおらんけど、関係者に迷惑がかかるので名前は出せん。緊急時の連絡先を告げる程の者やないけど、敢えて言うなら府警の中田さんかな。あの子には世話になりっぱなしだけど、唯一、信頼できる相手だと思っとる。相手にとっては迷惑な話やろうけどね」

「中田さんと云うのは、科捜研の中田主任ですか？　へぇー。緊急先が警察内部の者ですか」と困惑の表情で聞き直した。

「そんな取り方をするから、話したくなかったんや。アンタが言えと云うから、云ったまでで」と、町田が心を少し開きかけたような会話になったところに、敷島が
「よう、オッサン。今日は垢抜けしてるね」と部屋に入って来るなりかました。

「何か、臭うか？　『私の罪は悪臭となり、天まで臭う』」とシェークスピアの名言を引いて自虐的に脆弱（ぜいじゃく）な一面を見せたかと思うと、今度は逆に「北村さんよ。取調（とりしらべ）は一人でやるな、と云ったろう。ましてや相手が相手なんだぜ。どんな術を掛けられるか分からんぞ」と辛辣（しんらつ）に。すると、あれ程機嫌のよかった町田の顔が一変した。

「刑事さんよ。ワシは、金は貰っとるが、捜査に協力しようとしてるんや。それを、罪人扱いのような、アンタ等の態度が気に食わんわ」と、子供のようにプィと横を向き、自分の胸ポケットから煙草を取り出し、火をつけた。

「スマン、スマン。町田さんよ。今日は俺が遅れておきながら悪かった。オッサンの垢抜けした姿を見て、つい、自分のダラシ無さに腹が立ち、逆に攻撃的な言葉を吐くことになってしもうた。北さんにも申し訳なかった」と、アッサリ自己心理を披歴して見せ、珍しく謝罪した。

「さぁ、それではお茶でも入れて、始めますか！」と、北村が機転をきかせた。時は午前十時であった。

「前日の続きだが、栃木で起こった女児誘拐殺人事件の被害者鈴木郁美ちゃんの衣服、ノートを母親から預かった後、町田さんはどうしたんだ？」と、敷島はいつもの刑事の顔に戻っていた。町田は、当時を再現するかのように所作を交えながら、

「親から預かった衣服をこうやって、畳に広げた。郁美ちゃんを感じた。ノートを開くと学校の宿題か、同じ漢字が繰り返し書かれてた。誘拐のヒントになるような書き込みはなかったけど、郁美ちゃんの指使いが隣にいるように感じられた。しかし、その時にはそれ以上は何も視えんかった」

「今、視えなかった。と云うたが、町田さんにはその衣類、ノートを通して、何かが視えて

くるということか。それは、映像のようなものが視えてくるのか」と、敷島は町田の能力の核心を掴もうとした。

「いや、自分の眼に視えると云うよりは、脳に浮かんでくるんや。郁美ちゃんの顔は写真で見とったが、確かに郁美ちゃんの顔が何かを云うてる口元や、何かをしとる全体像が俯瞰したように視えてくる」と、町田は能力を開示し始めた。ここで、北村が、さらに畳み掛けた。

「町田さん。衣類やノートから、どうして郁美ちゃんの画像が視えてくるんですか、それは町田さんの想像、希望的観測のようなモノが脳裏に浮かぶと云う事じゃないんですか」

「自分でも、よう分からん。説明できん。何かに触発されて視え出すと云うもんでもない。ふと、予告なしに視え出すねん。自分の脳にキズが有るんかも知れん」と云って、自己の能力に対する若い刑事の不信感に、頭を抱え、机に伏した。町田が思い詰めると、度々とるポーズである。

「町田さんよ。北村が問うたのは大変重要なことで、今後どのような捜査をするか、アンタにどのような方法で協力して貰うかを決定するポイントだと考えている。アンタは、過去に透視が出来ると云って、自作自演を演じた過去もあり。我々はアンタを信じたいが、何を持って信じればいいのか。もっと、具体的に云うと、今回の全く手掛かりのない未来君誘拐事件の解決に、アンタに何を、どのようなモノを提供すれば、アンタが触発され、能力が最大限に発揮されるのかを見極めて捜査に入らねば、この事件は方向を見失う可能性がある。というか、今回の捜査は頓挫すると思っている」と、敷島は珍しく理路整然と力説した。

「ワシは、恐らく透視と云われているモノが出来るのやと思う。集中すれば、壁の外の人物の心も読めることもある。敢えて言えば、アンタ達刑事さんの云いたいことを、言葉に出さんまでも、本心を読めることもある。ただ、いつも確実に、タイミング良く読めるとは限らんから、イカサマだ、と誰も信じてくれん。自分にはあるイメージが浮かぶというか、状況が俯瞰したように視えるんや。また、人が何か言いたい本心が読めるんや。この二つの事象がどのように繋がっているのか、どういう能力から来るのかは分からん」と、町田は自己の特殊能力について初めて語った。利発な北村は間髪を入れず、

「町田さんに、未来君事件についてのどのような物を提供すれば、透視が可能なのか」と、意気込み投げかけると、

「自分では、透視とは何か分からん。だがこのような現象を、そう呼ぶと知ったから、『透視』と云っている。他の透視家がどのような方法を用いるかも知らんし。それに、重要な問題発言になるけど、若い時に比べて、能力も随分落ちてきているのは実感してる。お役に立てるのは、これが最後かもしれんと思い、警察の方に初めて心を開いて、話す気になってる。事件に関して自分に欲しいものは、事件の流れというか、経緯と被害者未来君の事

件に遭った時の服装等の詳細、いや、未来君に繋がるものなら何でも構わん。多ければ多いほど色々なイメージが湧いてくる」
「よっしゃ！」と敷島が低音ではあるが高い声を上げ、続いて
「これで、捜査の方向が決まったな。云うとくけど、町田さんは捜査協力者ではあるが、これから我々三人は、古い言い方だが、一心同体だぜ。北さんよ。今、町田さんが望む事件経緯、資料等を二日間で整理して欲しい。明後日九時から、捜査第一回打合せを行う。町田さんは、今日はこれ迄にしときましょう。明後日から頼むは！」と云って、北村にこっそり「俺は今から出てくる。今日は帰らん、後を頼むぞ」と耳打ちした。

泉北Ｔ署の正面玄関を出るなり、敷島は、大阪府警本部の中田恭子に会いたい旨の電話入れたが、午後三時以降なら面談可能との返答に、四時の約束をした。その携帯を切るなり、菅山沙耶香に電話を入れた。まだ、昼前である「沙耶チャン。昼飯食おうか？」

「どうしたの、珍しい。ましてや、お昼なんて。いいわよ、家に来る？　何か造るわ」

「家に行くよ。一時間もかからんと思う」と、携帯を切り、泉北高速鉄道に乗り込み沙耶香の家に向かった。亮介は、明後日からの本格的な捜査に入る前に、どうしても科捜研の中田恭子に確認したいことがあった。その待ち時間に、勤務中に何をしようとしているのか、その後ろめたさからか、気持が車中で萎えていくのを感じながらも、沙耶香の事を虚ろに

考えながら車窓に映る自分を見ていた。

沙耶香は、珍しく昼に来る亮介のために、胸騒ぎと期待感のなか、中華風の炒め物とエビの天婦羅を手早く料理して終えた頃、いつものように、荒々しく押す亮介独特の所作にベルがマンション中に響くように感じられた。亮介が押し入るように中に入り、迎えに出た沙耶香を意気なり抱きしめた。

「ビール開ける？」と、亮介に身を任せながら聞くと、「一本だけ貰おうか、でも三時頃には出たい」と、云いながら沙耶香の唇を奪った。沙耶香は、亮介を振り解きながら冷蔵庫からラガービールの瓶を取り出した。これも、亮介の好みを分かっている彼女の細やかな気遣いであろう。


三時過ぎに沙耶香の部屋を後にし、道路に出たところでいつもの様に、ポケットからキャメルを取り出し火をつけた。最後の一吸いをした後、眉間に皺を寄せながら煙を勢いよく吐き、今日一番のメインイベントに向かった。

大阪府警科捜研の中田恭子のデスクを訪ねると、「部屋を取ってあるから、そちらで話しましょう」と、何のホスピタリティも感じさせないビジネス口調で、席を立った。

「すまんな、忙しい時に。でもな、どうしても君に話を聞いておきたかったので」と、歩きながら恭子の顔色を窺った。部屋に入り、椅子に座るなり、恭子は、

「何時ものことだけど、いきなりどうしたの？　私も業務中はプライベートな件はご法度よ」と、冷たく言い放った。

「ちゃうちゃう！　君のプライベートは全然興味ないしね。ほら、例の町田泰三について、もう少し話を聴きたいというか。透視と云うモノについて基本的なレクチャーを受けたいと思って」と、哀願たっぷりに恭子の眼を見つめた。

「私が知っている範囲でしかお答えできないし、ましてや、私は透視と云うモノを研究対象にしたわけでもなく、その知識の大半はアメリカの書物から得たものであるということを最初にお断りしておきます」

「まぁまぁ、俺の聴き方が固かったからいけないのかも知れんが、ぶっちゃけ、素人にも分かるように頼むよ、もちろん、恭子ちゃんの所見も入れて聞きたいと思う」

「何から、お話しすればいい？」

「まずは、透視って何だ？　当人に何が見えてるんだ？」

「いきなり核心ね。そんなの誰にも解っていないのよ、欧米では盛んに研究対象として扱っているけど、未だ全ては解明できていないのよね」

「恭子ちゃんの所見はどう？」と、恭子の眼を見入った。

「諸説あるのだけど、私は脳の問題だと思ってるのね。勿論、脳自体も解明できていないのだけど」と、本題に入ろうとすると、

「もう一寸、平たく説明してよ」と、敷島。

「そうね。こんな例を出すと誤解を招く恐れもあるけど、例えば、双生児が離れて住んで居ても、相手の気持ち等を感じることがあるとか。敷島さんなんかも経験あると思うけど、天才と云われる人物……」

「俺、神童とは云われたことはあるが、天才とは云われたことはないぜ」

「アナタの事じゃないわよ。進学校だったんでしょう？　周りに、何ら勉強もせずに満点を取る人物、問題を読まずに見ただけで回答を出せるタイプの天才のことよ。昨今、映画等でも有名になった数学者なんかも、全く、教育を受けていないにも関わらず、数学の数式が迸るように出てくるとか」

「それはテレパシーとか、人知れず努力している所を見せない、または、イカサマと云うことじゃないの、脳とどんな関係があるの？」と訝しげに尋ねると、人の話を黙って最後まで聞きなさいと、云わんばかりに
「私は、全ては脳のどこかが、一般人とは少し違うと思ってるの。脳が、通信し合ったり、問題用紙を見ただけで回答が出てくるのは、脳がそういう特殊能力を持っていると思うの。努力やイカサマだけでは成し得ないものよ」と、恭子は熱く語りだし、引き続き「先程も言ったように、脳は未だ解明できていないのだけど、人間は脳の能力を一〇〇%使えてないのよ、いいえ、半分も使えてないとも云われてるのよ。本当は、全ての人間の脳には、想

像を絶する能力が備わっているのよ。その中で一部の人間には、その脳の能力のほんの一部が発揮される場合があるのよ。だから、テレパシーとか、透視とかも否定できないのよ。脳が持っている能力の可能性が大きいと考えられるのよ」

「恭子ちゃんの云うことなら何でも信じてしまう俺だが。そんな、人間の能力の不明な所は、全て脳の明らかにされていない能力部分だと云う考えは、俺は否定的だね。それだったら、UFOなんかを発見するのも、見える能力を持った人と見えない人が居ると云うことになるよね。その理屈だと世の中の不思議は全て解決できちゃうよね」と、口角泡を飛ばしながら恭子に迫った。中田恭子は冷静に、

「敷島さんのような否定的な意見は一杯あるわ。私は、今日ここでアナタと議論するために会っている訳じゃないわ。諸説の中の一端、いや、私の所見を述べただけです。これが正しい、世界標準だ、なんて言ってないわよ。人の話を聞く耳を持たないのなら、もう止めましょうか」

「まあまあ、そんな意地悪云わなくていいじゃない。こっちが拝聴する立場なのは良く分かっているが、不透明だよねこの世界は。この不透明な世界にどっぷり浸かって、捜査をしなければならない俺にとっては、ついつい興奮しちゃって。うーん、恭子ちゃんの透視は脳、と云う話を信じるとして、もう少し、脳と透視の関係を具体的にしてくれないか」

「人間の中には、あるモノから、それを視ることにより、または、それに触ることにより、

そのモノから発せられる情報を脳に映像として、またはシンボルとして得ることが出来る。これは、脳のどこかに、そのような情報を得る機能を持つ部分があると考えるのね。人類が長い間生存する間に、言葉がない時代には、特にそのような機能が発達していたのかも知れない。言葉なしでの伝達方法が今よりも鮮烈に存在していたのかもしれない。だから、特殊能力なんだけど過去の遺物とも考えられるのね。人類が言葉を得たり文字を得たのは、そう遠い昔でもないしね」

「おいおい、話が大きくなってきちゃったね。と云うことは、誰しも、そのような過去の遺物というか特殊能力が残存している可能性があると考えられるよね。そこでだよ、どうやって、そのような能力が有るかどうか本人が判ることになるんだろうか」

「大部分の人間は、判らないまま人生を終えるのだと思うけど、アメリカの研究機関の報告によると、生命の存続に危機的な状態に陥った人間が、その特殊能力の自覚を持つことが多いという報告はあるのだけど、私は懐疑的なの」と、敷島の求めている答えが見えるようで見えない状況が続く中、

「タバコ吸っても良いかい？」と云いながら、相手の了承が出ない間に、キャメルを唇に銜えた。

「署内は禁煙よ！　まあ、頭がヤニでこびり付いてる人間にはしょうがないか」と、恭子の口元が綻（ほころ）んだ。

「科捜研のわりには、科学的じゃない説教だよね」と笑いながらやり返し、有象無象の魑魅魍魎の溜息が浸み込んだ天井に向かい煙を吐いた。

「コーヒーブレイクにする?」と云いながら恭子は席を立ち、自販機に向かった。まるで敷島の好みが分かっているように、迷いもなく自販機のボタンを押した。「ボスのブラックで良いのよね」と、缶コーヒーを差し出した。「相変わらず、気が利くね。その抜け目のなさが、逆に男を寄り付き難くさせるんだよな」と、嫌みな褒め方をしながら、缶のプルトップを引き、軽く一含みした。それには、恭子は何の反応もせず、

「最近、生活はどうなの? 真面に帰ってるの?」と、敷島の触れられたくない箇所に踏み込んだ。

「最近、酒の抜けが悪くなったのか、翌朝起きると、昨夜のこと、どうやって帰ったか覚えてない。でも、しっかり、財布も持ち物も自宅へ持ち帰って寝てる。その点は優秀だと感心してるんやけどね」と、指に挟んだタバコを見つめながら口に持っていった。

「馬っ鹿じゃないの。事件でも起こしてない?」と、笑いながら揶揄した。

「先日もルーキーの北村と飲んだのだが、翌朝起きると、どうやって帰ったか覚えとらんし。朝、地下鉄の自動改札を通るときに、キンコーンと音がして、駅員に尋ねると、『昨夜十二時五十三分に中崎町駅に入られているが、出札の記録がありません』と、まるで間抜を見るような口調で云われた。実は、中崎町駅も覚えがない。どこかで、タクシーに乗車し

て帰宅したのは覚えてるんやけど……」
「そんな事、初めてなの？」と呆れて聴くと
「いゃ、数回ある。最近特にひどいかな、『天と地よ、思い出せというのか』」と、シェークスピアを引用して大して悪びれる様子もない。
「まぁ、飲み過ぎだと思うけど、アルコール健忘症（けんぼうしょう）かも知れないよ。次に起こったら医師に相談してみなさい」と、母親の様に諭（さと）した。
「ハイハイ！　雑談はこれぐらいにして、話を戻そうか。その透視とやらについては、未だによう分からんままやけど、君が紹介してくれた町田についてはどう考えてるの」と、真剣な眼差しを恭子に送った。
「町田泰三は、前にも話したけど、多くの被験者の中では群を抜いて能力を発揮したの。しかし、こういう能力は、かなりの研修訓練を積まないと実力を発揮できない、役に立たないものなの。しかし、町田の経歴を調べてもそのような訓練を受けた形跡もない。勿論、日本の公の機関でそのような訓練は行っていないわ。ただ、彼は臨死体験があると云っているのね、それが能力にどう影響したかの関連は定かでないけど」と、話し終わるや否や
「それだけの薄い根拠で、町田を信用しろと云うんとちゃうやろね。『天の力でなくてはと思うことを、人がやってのけることもある』か」と、前日、北村にしたフレーズを繰り返した。

「最初から、個人的にはお勧め出来ないと云っているわ。でも、町田は日常生活の中で、訓練と同等の事を行った可能性もあるのよね。新興宗教を立ち上げたりする中で、精神的な修行、集中力を増す研鑽を積んだかもしれない、でも、それが透視能力にどのように結びついたのかは解明できていないの。実績としては、確実に一件は透視しているのよね。これは、あらゆる方法で検証したけど、透視と云うモノを否定できなかったの」と、端正な恭子の表情を曇らせながら話した。

「町田は救いたい、救いたいと宗教者みたいな事を云うなと思ってたけど、やはりな。そこで、町田はどのように透視するというか、町田に何を与えると、何がどのように視えてくるんだろうか？　これを恭子ちゃんに聴くのは酷だよね」

「町田は、その人物、或いはその人物の持物等、その人物を感じられる物からでも、集中すれば心に像が浮かぶと云ってたわね。ただ、全く関係のない人物の声が聴こえたり、関係のない物が心に像として浮かぶとも云ってたわ。ただ、全てが曖昧模糊として科学的に検証できないのね」

「『俺はだだっぴろいこの世じゃ、まるで海に落ちた片割れを探し回る水滴みたいなものだ』か」とシェークスピアを借り溜息交じりに喋ると、

「今日はどうしたの？　シェークスピアの連発。調子いいじゃない。まぁ、使い方には疑問があるけどね」とシニカルに笑って見せた。

「我々凡人には想像できない脳の特殊な能力を信頼するとして、まだ、もう一つピンと来てないのだけど、脳どうしの交信はあり得るのかも知れないけど、死んだ相手の脳には交信できないよね。でも、どうして遺棄された遺体を感じること、発見することが可能なのかね」と、敷島はアルコール漬けの脳で、更に核心を掘り下げていった。

「そうね。脳の能力には、脳どうしの交信の他に、種々の能力が有るかもしれないのね。『物が見える』という町田の言葉からも、脳どうしの交信以外の能力が働いていると思うの。もちろん、私は霊力と云うモノを信ずる立場ではないのだけれど、霊力のようなものの作用も完全に否定できないしね。人間は死ぬと宇宙のある一か所に、霊魂のような物質が集められていると主張する科学者もいるしね」

「要は、町田の能力については、どこから来るものか、将又(はたまた)全くのデタラメなのか分からんと云うことなんだね」

「そうね。私は最初から、ずーっと、そう云ってきたつもりよ」

「恭子ちゃんの意地の悪さを再確認したけど、俺の立場になって、何らかのアドバイスがないわけ?」

「敷島さんは、町田を利用して捜査するように特命されているのよね。だったら、町田の微かな能力を信頼して取り組むしかないんじゃない」

「まあ、結局はそこだよな」と、不透明な中一歩漕ぎ出さねばならないと敷島は覚悟を決めつつあった。

「あっ、それから、これは話さないでおこうと思ったのだけど、秘密にする必要もないから話すけど、敷島さんとこの若い刑事が来て、確か北村さんって言ったっけ、透視について聞いて行ったわよ。掻い摘んで説明はしたけど、まぁ、今以上の議論にはならなかったけど」

「えっ、あの野郎！　どういうつもりなんだ。美人の恭子ちゃんに会いたかっただけなら良いのだが」

「よしてよ！」


節電で空調の効きを抑えた府警庁舎を出るや、先程までの部屋の温もりがオアシスに思えるような大阪城の堀池の熱された匂いが、今後の捜査方針で悩み、期限に迫られる敷島の生気を完全に奪った。生気を取り戻すため、いや、苦悩からの逃避のために、夜のネオンに消えて行った。

顔のない大男とくんず解れずの格闘の末、まだ一度も人を撃ったことのない葛藤と闘いながら男の大腿部に拳銃を発射した。ぐったり仰向けに倒れた男を、震えながら覗き込んだ途端に、下から男に両手で首を締め上げられ「ワァー」と大声を出しながら敷島は目を覚ました。

先程の絵が夢なのか、どうか、天井を見渡しながら、自分の居場所を確認するも、「ここはどこだ」と、頭の周りを手探りで探ると、脱ぎ捨てられた上着が手に触れた。横に誰も居ないことを探りながら、上半身を起こすと、そこは敷島のキッチンだった。上着のポケットの財布、定期券、鍵等を確認するが、失った物はないようである。

「一体、どうやって、ここへたどり着いたんや」と自問したが、記憶がない。時間を見ると午前六時を過ぎたところだ。昨夜の記憶がない割には、脳は活動しているようだ。洗面器に、冷蔵庫からあるだけの氷を運び、水を満たし、その中に青白く浮腫（むく）んだ顔を浸けた。そして、続いて顔を深く沈め頭を浸した、その時、このまま水の中に居たいという悪魔の囁（ささや）きに誘われた。

敷島にはルーズな面もあるが、食事は三食キッチリ取るタイプである、今も冷凍庫から食パンを一枚取り出しトーストした。そして、先に沸かしておいた湯をコーヒー豆の入ったペーパーに注いだ。その作業の間も、敷島は昨夜の行動を時系列で確認しようとしたが、千日前の場末のスナック『純』で飲んでいる自分の次の映像が出てこない。府警本部を起点に昨夜の足取りを何度探っても、映像はそこで止まり、セピア色のリフレインを繰り返すばかりである。酸味のあるコロンビア豆の香りが、アルコール漬けの敷島の脳に気付け薬のように浸み込んでいった。

八時に登署し、自分のデスクの椅子にだらしなく腰をかけ、天井を睨みながらキャメルを口にした。まだ、先程の悪夢と昨夜の判明しない行動で頭が混乱している。自分が一体何者なのか、いつもの自分であるのか、どこかで摩り替わってしまったのか、と自己の確証を得られないほど思考回路もバグり出している。

「脳は寝るのか？　脳は寝ないだろう？　そうすると寝ている間の記憶がないのはどういうわけだ？　あ、俺の場合は起きている間の記憶も飛んでるんだけどね」と、徐々にいつもの敷島を取り戻していった。

「恭子ちゃんが云ってたように、一度病院へ行ってみるか」と、呟き終えない間に、北村がビジネスマンの出で立ちのスーツ姿で登署した。

「おはようございます。今朝は早いですね」の挨拶に、

「出来の悪い部下を持つと悩みが絶えなくてね、早く出てきたのよ」と、云わなくても良い嫌みたっぷりの応答をしたのに続き、

「北村さんよ！　町田が来るまでに、この事件少し、纏めてみようか」

「そうですね。私もこの事件について少し疑問をもっています」

「まず、最初にだ。本件は『誘拐事件』となっているが、誘拐されたとする物的証拠はあるのか。神隠しにでも遭ったのか」と、敷島は今更ながらの疑問を呈した。

「『誘拐』というのは、被害者親族が申し立てているだけで、当初、署としては『失踪事件』として捜査を開始したが、被害者親族が地元住民を巻き込んで、署前で早期解決を要望するアジテートを始め、住民の嘆願書が府警本部に提出され、府警本部から捜査方針を『誘拐事件』に変更する通達が出たためと聴いていますが、誘拐を裏付ける身代金要求等、犯人から何の接触もありません。また、未来君の遺留品も何一つ発見されていません」と、北村が明瞭に応じた。

「だよな。お前どうしたんだ、前もって俺の質問が解っていたような、スラスラとした受け応えは！　まぁ、どうでも良いけど。北さんが今言ったように、本件は、本当に事件なのか？　俺たちは、一体何を解決しょうとしているのか、何を探そうとして、誰を逮捕しょうとしているのか？　そして、これは云ってはならぬことだが、本部が『誘拐』に変更したからには、我々に教えられていない何か証拠を持っているのかも知れない。これは極秘の内

部捜査になるが、その辺も考慮しながら進めねばならない」と、沈痛の表情をする敷島に、北村は
「これが、どういう事件なのか、全ては未来君を発見することで、解決するのではないでしょうか」

「生死を問わず、発見できれば解決の糸口は掴めると云うことか、何とも雲を掴むような捜査になるな。そこで、透視家の町田に全てを託すしかないわけか。当分は、町田の透視捜査と内部捜査を並行してやるしかない、期日も迫って来てるしな」

「ところで、内部捜査って、どのようにやるんですか？　自分には情報を獲れるような知り合いもいませんし」

「良く云うぜ！　東大出のアンタにはアメーバーのようにどこにでもパイプがあるんじゃないの？　それでもダメならアンタの好きな恭子ちゃんにでも頼むんだなぁ」

「どういう意味ですか。恭子さんって、中田主任のことですか。確か、彼女は科捜研だし、そのような人が情報収集出来るんですかね」

「彼女は、ああ見えても、警察内部で一番の切れ者だぜ。警察官僚、警視庁、本部、警視正、誰とでも話が出来るお嬢さんだぜ」

「一体どういう素性なんですか」と驚きを隠せなかった。

「そんなことは俺も知らんよ、知る由もない。お前は、ただ、情報を取ればいいんだよ」と、

連れなく会話を打ち切った。

町田泰三が九時に現れた。最初に出会った印象からは別人のように、日増しに清潔感とともに上品さをも漂わせた。ただし、笑った時の歯の抜けた間抜けさを除いて。

「さあ、始めようか町田さん。ここに事件を時系列に纏めた書類を作成している。それに沿って北村が説明する。途中で気になったことがあれば、質問してくれて構わない。じゃあ、北さん始めてくれ」と、町田に予断を与えないという配慮からか、いたって事務的に捜査会議が始まった。北村は緊張からか、性格なのか、一字一句資料の文言を間違えないように説明に入った。

「平成二十二年六月十四日、月曜日、午後三時十分頃に小学校を後にした新谷未来君、七歳、男児、小学校二年生（新谷数馬・由紀子夫妻の長男、上に十歳の長女宙（そら）がいる）は午後七時になっても帰宅せず、両親が心配になり、手分けして友達宅等に問い合わせたり、学校・自宅間の通学路を探したが発見できず、午後八時十二分に泉北T署に通報があった」

と、そこまで説明すると、町田が質問の許可を求めた。

「新谷未来君は、一人で学校を出たのか、その時の表情等に変わった様子はなかったか」

さらに「学校から自宅までの通常要する時間は、未来君が友達宅以外に普段立ち寄る場所はどこか」と質問攻めにした。それに対し北村は、矢継ぎ早の質問に少したじろぎながらも「その辺の質問に対しては、後の捜査内容説明で明らかにする予定でしたが、警部！質問に答えて宜しいですか」と、助けを求めるように敷島を見た。

「北さんよ。その辺は臨機応変に捜査資料に基づいて適時説明していこうぜ」と、北村に相槌を打った。

「当日、新谷未来君は午後三時十分頃一人で下校しているのを、同学年担当の教員が目撃し供述している。特に変わった様子もなく、少し離れていたので声をかけられなかった、とのことです。また、当日、未来君が友達宅に立ち寄った形跡はない、と云うか、正確に言えば、立ち寄ったと云う証言は出ていない。さらに、未来君が良く立ち寄っていた先は、友達や母親の証言から、通学路途中にある春日公園、通学路からは外れた場所にある春日池、何れも一人で行くことなく三・四人で遊んでいたようです。また、友達宅には行かない子だったと母親は証言している」と、北村は町田に言い含めるよう、さらに「新谷未来君の家から学校までは、八百五十M、子供の足で約二十分要する」と、説明した。すると、町田は、「何れも、証言ばかりで物証と云うか確実なウラを取れたモノがないのかね。それに、当日、未来君は春日公園、春日池に行った形跡はどうなんや。後、もう一つ、未来君は、一人で帰ることが多かったんか」と、再度矢継ぎ早にポイントを得た質問を切り出してきた。

「なんだか、こちらが取調べを受けているような状況だな」と、敷島が『最後まで黙って聴けよ』と、言いたげな表情で町田を睨みながら、「北さんよ、よーく説明してあげな」と、北村の苛立ちに間を与えた。

「証言についての物証はないが、複数の者から一致した証言を得ている。公園、池についてては、いつも一緒に遊ぶ複数の友達から、その日は行っていない、との証言を得ており、また、公園を捜査したが未来君の物証は出てこなかった。ただし、春日池については範囲が広く完全には捜索出来ていない。また、未来君は一人で遊びに行くような子ではないとの証言からも、当日は行っていないと推測している。また、未来君は、一人で帰ることが珍しくなかった、との証言を得ている。よって、当日も特に変わった様子がなかった、との教員の証言にも合致している！」と、捜査には抜かりがないとばかりに、北村は立ち上がり、町田を見下ろした。資料に説明を書き込みながら町田は、北村の殺気立った気配を感じ、

「カン、感勘違いせんといてくれよ！　ワシは事件を聴くのは今日が初めてやし。だから、詳細に現場が浮かび上がってくるような説明を求めてるんや。何も、刑事さんを怒らすためにやってるんとちゃうよ。ましてや、事件解決の協力者として来て上げてんねんから！」

と、今度は町田が立ち上がり、北村に正対した。

「うーん。中々いいね、捜査会議のようになってきたんじゃない。町田さんもその調子で行こうぜ。北さん、続いて、未来君の足取り捜査、証拠品についても時系列で説明してやってよ」と敷島は、この会議が必ず事件の核心に迫るものになるという、全く当てのない淡い期待感を持って続けた。

「事件発生の六月十四日は捜査願い受理後、泉北T署の警察官十三名が学校、自宅周辺を捜査したが、深夜十二時に夜間捜査を打ち切った。何の手掛かりも掴めなかった。明くる十五日、朝九時から府警本部の応援を得て五十名の警察官を動員して自宅、学校間をローラー作戦の大規模捜査が異例の六月二十四日まで行われたが、誘拐は勿論、事件性を臭わす手掛かりは全く出てこなかった、と捜査調書に書かれている。ここで、十日間で延べ五百余人の捜査員を動員した異例の大規模捜査が行われたのに何故に手掛かりを得られなかったかと云うと、これは私個人の所見ですが、泉北春日台地区の一部は六月十五日未明から約二時間にわたり局地的な集中豪雨に見舞われ水浸しの状態となった。これが、足跡等の証拠を流し去ってしまった可能性がある。唯一、事件当日の十四日夜間に行われた捜査が、現場が保存出来た状態での捜査であったが、当日は、真っ暗な中、懐中電灯等で未来君を探すのが主目的であったため、残念ながら遺留品等の証拠は発見できていない」と、確信の中に不安を漂わせる複雑な表情で空間を見つめた。間髪を入れずに敷島は、

「今の説明には所見が入っているが、未明の局所的な集中豪雨は気象台でウラが取れている。また、事件にかかわる遺留品等は何ら発見されていない、と云うのも捜査調書のとおりである」と付け加えた。黙って聴いていた町田は、

「未来君の当日の服装、持物を教えて欲しい。それに、例え集中豪雨だろうが、物が全く消えて無くなってしもうた分けやないやろ、事件と関係ないと思われても不審な物、不審で

なくても日常的なゴミとかが発見できてる筈だろう。それを事件との関連の有無を判断するには相当な苦労と時間を要すると思うけど、その捜査で収集したゴミ等は保管されているもんか、また、ワシが見ることが出来るもんなんかね」と、今度は町田なりに言葉を選び丁寧に尋ねた。

「未来君の当日の服装は、薄黄色の半そでカッターシャツに紺色の半ズボン、白のソックスに白色の運動靴。持物は黒のランドセルと青色の布製の手提げ袋。ここに、未来君の写真を三枚用意しました。両親からお借りしたものです」と云いながら、町田に手渡した。

「可愛い子やね。親御さんは、さぞ心配やろな」と、沈鬱(ちんうつ)な表情の町田に北村は、

「そう云えば、町田さんは小児に興味があると聞いているが……」と口を挟むと、

「それは、どういう意味や。まさか、過去の事件の事を云うてるんか、あれも警察のでっち上げやないか。ワシもその時は、食扶持(くいぶち)がなく、刑務所で食に有りつけると思い、然(さ)したる抵抗もせず安易に受け入れてしもうたが、そやけど、そんな過去を知りながらワシに頼ると云うのは、どういうこっちゃ！」と、これまでと打って変わって語気を荒げ、その場が殺気立った。

「当然、我々は、町田さんのことを調査していますが、町田さん自身の口から、その事件との関わり、また反論等を聴きたいと思っている……。少し話して貰えませんか」と、北村は言葉を選びながら町田に向き合った。

「今さら、受け取った金は返されへんで。よう分からんけど、これは過去の事件の再調査、取調べなんか？　もう既に刑も確定し、ワシも臭い飯食ったやないか」

「いや、誤解せんといてくれ。刑の確定した過去の事件については、『一事不再理』であることはご存知だと思うが、我々も掘り返すつもりはない。ただ、アンタの能力を知りたいだけだ。能力と、『虚』として刑に問われた際を見極めたいだけなんだ」と、苦しい言い訳を北村がした。

「ここに至っても、ワシの信用が無いんやな。そんなことは、思っていても、口に出さんと調査するのが警察ちゃうんか。アンタ等、警察としてのレベルが低いんとちゃうか。今後が思いやられるで」と毒づいても見せた。前にも見たような光景が繰り返されている状況に、敷島はハニカミながら、

「町田さんよ！　これも報酬の一部だと思ってくれんか。過去の事件の再調査など、我々の範疇（はんちゅう）ではない。アンタの能力を最大限に発揮して貰うための調査なんだ。頼むよ」と町田の眼を見入った。

「分かった。敷島さんを信じて話すよ」と、町田は遠い記憶をどこから話し出せばいいのか、キッカケを探しているところに、北村が、

「平成十七年五月十日、栃木県小山市……」と、事件の概要を説明し始めた。町田は堪（たま）らず
「そんな尋問みたいなやり方は止めてくれ。ワシに自発的に、自分のペースで話させてく

れ」と、言葉を発しながら大きく息を吸った。

「もう、十年以上も前のことで、ワシも、何で逮捕されたのかも定かでないんやけど、その日、確か、パチンコで負けて、帰る途中だったが、時間的には午後六時頃だったが、まだ陽は明るかった。小便がしとうなり、路地に入って立小便をした。その時は気が付かへんかったが、二十メートル程先に、子供が膝を抱えて蹲(うずくま)っていた。上手いこと表現でけへんけど、地面に直接座り、足の膝を抱えるようにして、頭がその上にうな垂れとった。こんなん見たら、誰でも声かけるやろ！　そこで『どうしたの、もう、ウチに帰らないと』と、声をかけたら、その子が上目づかいで、泣きべそかいてたかな、『ウチには帰られへん。帰りたくない』と、か細い声で答えた。そこで、もう少ししたら暗くなるし、このままここに放っておいて、取り返しのつかんことになったらイカンと思い、ひと先ず、ここから連れ出すために、『オッチャンとちょっと歩こう』と云って手を差し出すと、小さな手で強く握り返してきた。それで、取り敢えず俺のウチに連れて行った。何で帰りたくないのかを聴いたら、『おとうちゃんが叩く』とだけ答えた、ワシは、飯でも食わせて機嫌が戻ったら、ウチに届ける積りやったんやが、結局、帰りたがらず泊めた。翌朝、警官が押し入って来て逮捕された。ワシ、何か悪いことしたか？　これが事件の全てですわ」と話し終えた安堵(あんど)感からか、町田が微笑(ほほえ)んだように見えた。

「町田さん。調書によると、女児は帰りたいと云ったが、アンタが脅して帰さなかった。

そして、卑猥な行為に至ったと、この時点で、誘拐、監禁の重罪の疑いありとなっているが……」と北村が話し終わる前に、

「女の子は父親が怖くて、そう証言したんやろけど、警察は、子供の証言に弱いから、してもない事をワシは三日三晩問い詰められて、お前のこれまでの警察に対する協力から、軽い刑にしたるからとの甘い言葉に、『ワシが連れ込みました』と云うてしもた。それで一カ月の懲役刑や。警察の罠、でっち上げや」と、興奮しながら話した。透かさず、北村が「町田さん。アナタの名誉のために聴くが、アナタは本当に女児を強引に連れ込んだり、ワイセツ行為を働かなかったんですね！」と、ダメを押したことに、町田は
「オイ、若いオマエ。ワシを舐めとんか！　馬鹿にしとんか！　ワシ、やっぱり、この仕事降ろさしてもらうわ」と席を立った。もう、何度も繰り返す場面に、敷島は、

「おいおい、町田さんよ。もっと、大人の対応をしようぜ。決して嘘を云えとか、慇懃に云えとか、云ってるんじゃないが、もう少し立場を理解し合おうぜ、お互いに」と、己にも言い含めるように諭した。

　少し間が開き、敷島が北村に先に進めるように目配せした。北村は、先程の写真を手に、

「町田さん。この未来君の写真から何かを感じますか、いや、今どこに居るか解りますか」

とダイレクトに聞いた、

「えっ。そういう質問をする刑事さんの立場は分かるけど、ワシの立場ももう少し理解願

いたいとこやね。ワシには己自身でも分からんのやけど、恐らく集中と云うモノが大事なんやと思うが、集中してもアカン場合もある。いや、殆どがそうや。ましてや、こんな所で神じゃあるまいし、何も見える筈がないやろ。まだ、未来君についての情報、未来君が自分の中で消化されてない状態では、無理や。今日は、その情報の収集にワシは来たんだったよね。いや、ワシの取調べだったっけ?」と、一転お道化て見せた。

話題が前後錯綜(さくそう)して全く進展しない会議、町田をどのように捜査協力させるか具体的に決められない会議に、「今日はこれまでだな。町田さんからの質問に対しては調査してお答えする。町田さんも、今日の事を整理して、未来君を自分の中に取り込んで貰いたい。北さんは、さっき話した『誘拐』の件を当たってみてくれ。次回は、二日後の九時だ。とにかく、『時間の関節が外れている』」と、流石(さすが)に相応(ふさわ)しくないシェークスピアの名言をハニカミながら呟き、解散となった。

北村は、科研の中田恭子にアポを入れて、『誘拐』の件を調査に入った。府警本部の目の前の大阪城大手門に至る橋の袂にある松の樹付近で待ち合わせし、北村はカシを変えて話すつもりだったが、中田は、この場で手短な依頼内容を求めた。北村の依頼を聴いた中田は、

「この事件は、私が入署する前の事件よね。難しいけど、少し調べてみる」と云って冷た

く去って行った。中田のスマートな後ろ姿を見送りながら、北村は得も言われぬ恐怖を覚えた。

一方、北村と別れた敷島は、町田に平成十七年に起こった少女誘拐をもう少し問い詰めるべきだったのではないか、もし、町田がそういう蛮行の持ち主であれば、本件への町田のアリバイすらも調査せねばならない。また、町田は少女誘拐事件の前年に、誘拐事件を偽装協力したとして、逮捕に至らなかったが、厳しい取調べを受けている。この真実も明らかになっていない、町田は一体何者なのか、町田が云うように、警察としては事前に町田を徹底的に調査すべきであった。が、そのような問題児である町田を使えと云ってきたのは府警本部長、いや、検察庁も噛んでるかも知れんな。とっくに、町田を調査済みの筈……。しかし、町田がどんな蛮行、変態野郎でも、今更、町田を外す訳にはいかない。本件は町田あっての再捜査なのだから、奴を有効に使って、未来君を見つけねばならない。と、メヴィウスの輪の如くロジックを何度も自答しながら、夜の街に吸い込まれていった。

早朝から蝉も啼く気配を隠す程の猛暑が堺泉北地帯を襲っていた。第一回会議から一週間が経ち本日、朝九時の招集がかかった。敷島と北村が待ち構えているところに、明らかに憔悴（しょうすい）しきった町田が現れた。お世辞にも端正な顔とは言えなかった顔は肝臓を病んでいるようなどす黒いモノに変貌していた。町田の状況を推し量れない敷島ではなかったが、

「町田さんよ。顔色悪いね。貰った金で飲み明かしたんかな?」と言わずもがなの科白を吐いたものの町田は顔色も変えず椅子に座り込んだ。

「警部さんよ。ワシ、やっぱり無理だわ。何も映像が浮かばんのよ。金は返せねえが、本日を以て解雇してくれよ」と、黒ずんだ奥の眼が涙で光った。

「町田さん。どうされましたか」と北村は町田の肩に両手を添えた。またしても、捜査の前途に暗雲が立ち込める思わぬ展開に敷島は、

「本日は、前回の会議での問題点を洗い直し、対策をとることにする」と、現状を無視して舟を漕ぎ出した。すかさず、町田が

「ワシの話を無視するんかいな!　ワシを外してくれと言っているんやで」と声を荒げた。

「オッサンよ。前にも言ったけど、もうアンタを外せんのよ。もう、賽（さい）は投げられたのよ。『美徳を身に着けていないのなら、せめてそのふりを……』ってことになるしかないよね。何が有ったのか話してくれんか」と、まるで以前から準備していたような用意周到な言葉

を並べた。一呼吸おいて北村が「町田さん。あれから、何が有ったか話してくれませんか」と、優しく敷島の介添えをした。

「実はな。ワシなりに、焦る気持ちを抑えるようにジックリ書類を吟味し、未来君の写真を幾日も熟視したのだが、何も浮かばん。映像が浮かばへんねん。もう、ワシには特殊能力がなくなったのかも知れん」

「町田さん。これまで、数年前までと違うのか。どのように違っているのか」と敷島は詰問した。

「何が違うかは分からん。もともと、釦(ボタン)を押せば映像が出て来るようなもんでもなかったからな。そやけど、未来君に全く感情移入出来ん。未来君は本当に実在しとったんか」

町田に寄り添っていた北村が、

「今更ながら、未来君は実在の人物です。現状の生死は不明ですが。町田さんの体調、調子が悪いだけじゃないのですかね」と、鼓舞(こぶ)するには至らない言葉を口にした。燃え滾(たぎ)るような日差しの窓外を眺めていた敷島は、

「外は暑いけど、現場を回ろうか。未来君の足取りらしき所を歩いてみるか。北さん、用意してや」と、重要会議は呆気なく終わった。

二人は現場には数度訪れているが、敢えて「又ですか」と言う言葉は吐けなかった。

泉北ニュータウンの緑道は樹々に覆われているものの、真夏の小径は噎(む)せ返るようで

あった。三人は揃いの白い帽子を被り、誰が見ても怪しい連中に見えた。先ずは未来君が最後に目撃された小学校の校門からスタートした。調書にあるとおり、学校の裏門から直ぐに緑道に通じる所から、未来君の自宅へ向かい始めると、

「北村！　何やってんだ。先は長いぞ」と敷島の檄が飛ぶ。「いゃー。子供の目線で見たくて」と北村は腰を屈めながら周囲を見渡している。「お前、どこでそんな捜査方法を教わったんや。まさか、東大ちゃうやろな」と悪態をつきながら校門から三十メートル程歩いた所で、北村が土で汚れた紙片を見つけ手にした。

「おいおい。未来君が最後に通ったのが十年前だぞ。そんな所に証拠品が残ってるわけないだろうが、本当に手を焼かせるね！」と云い終わりかけるのも待たずに、

「警部。これ、『しんたに』と読めませんか？」「しんたにって、未来君の名字か！」と、先ほどまで馬鹿にしていた北村を崇めるように言った。

「いや、未来君のことかどうかもわからないし、何の関係も無いのかもしれませんが、微かに、そう読めるような気がします」

「調査開始以来初の遺留品になるかもな。科研に調べて貰おうぜ」と云いながら、北村から受け取った紙片をビニール袋に入れた。

出だしは好調だったが、校門から五十メートルの地点で三人は真っ赤に燃えた天を仰

いだ。

「休憩にしようぜ」と敷島は緑道の縁石に腰を掛けた。終始、何か宙にモノを探しているように二人とは別の動きをしていた町田も「暑いのが原因じゃないと思うけど、何にも視えてこん」と北村が用意した缶コーヒーを口にしながら、焦りが眉間に皺を集めた。その後、未来君宅、公園への道程を数時間かかって歩き回ったが、北村が見つけた紙片が唯一の収穫に終わった。

　翌朝、泉北T署の一室は、期待と不安が入り混じった中で、敷島には珍しく慎重に言葉を選びながら、「町田さん。書類検討そして昨日は誘拐に係ると思われる場所の現地を調査したが、果たして如何なものか。町田さんの忌憚（きたん）のない意見をお伺いしたい」

「随分、遠回しな言い方やな、敷島さんらしくないよ」と完全に町田に見透かされているが、町田にも当然自分に聞かれるであろうとは予測しており、

「昨夜、色々な事が脳裏を駆け巡り眠れへんかった。ただ一つ言えるのは、ワシには何一つ視えてこんかった、今のところ」と話し終わるなり、煙草に火をつけた。

「いやー、それはアカンでしょう！　この捜査は打ち切り、ハイこれまでよ、なんですかね」と北村には珍しく、これまでの鬱憤（うっぷん）を吐き出すかのように詰問した。

「何も見えないからお終（しま）い、と云うんやったらそういうことやな」と町田は悪びれることもなく煙草を燻らした。

「まぁ、そんなに簡単に視れたら、俺たちの仕事はなくなるよ。町田さんには今後も地道に手がかり周辺を回って貰い、少しでもヒラメキが有ったら本件に関係なくとも報告してよ」と敷島は云うなり、北村に話があると目配せして部屋を出た。やや高揚した顔の北村が後に続き、別室に入るなり
「町田もなかなか報告せえへんけど、北さんも報告せんのー。出しとった宿題、どないなった？」と、いつもの敷島の本来を発揮し出した。
「『誘拐』事件の事ですよね。まだ、確信が取れなかったので報告してませんが、科研の中田主任を通しての情報によると、本件通報の二日後に、大阪地検滝田次席検事の個人の携帯に、何者（男）から、これ以上捜索をすると、男の子の命は保障できないとの非通知の打電が入ったとのことで、滝田検事から府警本部長に連絡が入り、『誘拐』事件と決定したそうです。しかし、悪戯電話の可能性もあり、何故、滝田検事なのか、疑問は払拭できず、報告が遅れています。申し訳ありません」
「そら、幾ら出来る北さんでも、そのクラスへの直接の聴き取りは出来んわな。本部も本部だよな、チャンと裏を摂ったんかいな。俺にも、北さんに云ってないことがあるんだが、この事件の捜査に当たり、二年前に辞職して今は会社員として働いている元警察官、あまり親しくはないのだが署内に友の少ない俺にとっては話せる相手だった、バッタリ飲み屋で出会い、今の担当事件を話していると、彼の口から未来君は軽度の発達障害があった、

医師と両親、学校の担任しか知らない筈だが自分の聴き込み最中に隣人（主婦）から聴いた、裏はとれていない。この種の聴き込みは個人情報で難しい。と……、少しずつ情報が入ってきているが、何れも不確定だ、この事件、何か空恐ろしい感じがするな」と敷島が終える間もなく、

「敷島さん。この情報、出所はハッキリしてるわけだから、一つずつ潰して行きませんか」と、更に高揚感を顕にした。

「相変わらず北さんは青いね、尊敬するわ。大阪地検に乗り込むにはクビ覚悟になるぜ。それに、未来君のその手の情報も難しい、事件との関連性がないとな……。でも、遣るしかないわな！　北さん首洗っとけよ」

敷島は北村を帯同して、上司の管理官にも話さず、大阪地検を訪れた。善人をこけ脅すには十分な広さの滝田検事の執務室に通された。やがて、四角いレンズの眼鏡をかけたスマートな印象の滝田が現れた。

「お待たせしました。滝田です。大阪府警の刑事さんが直接、私に何の用ですかな」と、若くして既に検事正に就任している滝田は、優しい眼差しで訪ねた。敷島は自分の所属を簡潔に説明し、完全に威圧されている北村を紹介しながら、

「本日はお忙しいところ時間を割いて頂き恐縮です。今日お伺いしたのは、五年前泉北T署管内で起こった男児誘拐事件について、少しお話をお聴かせ頂きたく参りました。本件については、検事が容疑者と思える者から脅迫電話を受け、誘拐事件と断定したと聞き及んでいますが、如何ですか」

「中々、単刀直入だね。私のこれまでの経験の中でも、見知らぬ男から携帯に直接電話を受けたのは初めてだったので、よく覚えていますよ。まぁ、今日の貴方達の訪問と同じ位印象的ですよ」と優しい笑みを浮かべながら、何の迷いもなく淡々と応えた。

「そこまでは、私共の情報も得ていますが、何故、その電話だけで、本件を『誘拐』と断定されたのでしょうか、『行方不明』の域を出ないと考えますが」

「まるで私が何か当該事件に関わっているような話しぶりだね。私は、電話受けて直ぐに府警本部長、当時は大学の後輩の中山さんに、受電内容を在りのままお伝えしただけですよ。それ以来、私は本件について見聞きしたことは今日までなかったですね」

「いえいえ、検事に、そんな。失礼が有ったらお許しください。どうしても、担当者として本件が何故に『誘拐事件』となったか知りたいだけで……、検事は受電されて後、率直にどう思われましたか」

「率直にと云われても、私としては私情を挟むことなく受電事実をそのままお伝えしただけで、本件が私の通報で『誘拐』となったと云うのは、今初めて知ったことですよ」と、威厳だけの世界の人間にしては驕ったところもなく頗る好印象を与える人物の受け応えであった。

「分かりました。本日は有難うございました。ここに居る北村も検事の後輩にあたりますので、今後宜しくお願いします」

「いやいや、何かのお役に立てたかな。北村君は何年卒かな」

「いゃー、私如きにお言葉をかけて頂き有難うございます。平成二十二年三月卒業です」と、緊張が口から飛び出さんばかりの受け応えに、

「若いね！　羨ましぃよ。色々苦労があったように思うけど頑張りなさいよ」と最後まで紳士然たる対応であった。

「検事正。もう一つ、お聞きしてもよろしいですか」とドアノブに手を掛けながら、今思いついたように、敷島は問いかけた。

「構わんよ。何でも聞いてください」

「電話をかけて来たのは男と聞いていますが、若い声でしたか。聞き覚えとかはありませんか」とすっかり刑事に戻っていた。

「男性であることは間違いないが、押し殺したような声で、子供や老人ではないと思うが年齢は見当つかないなぁ。全く、聞き覚えのない声だった」と、当時を思い返しながら答えた。敷島は、間髪を入れずに、

「検事正は、何故、ご自分に電話がかかって来たのだと思いますか。心当たりのような者はいませんか」

「ますます、容疑者扱いだね。自分でもなぜ私に電話がかかって来たのかも分からないし、見当もつかない。過去の担当事件等を思い起こしたりはしてみたのだが、直接本件に関わると思われるモノも思い出せない」と捜査に協力できなかった事を詫びるような話しぶりであった。

「いえいえ、検事正。大変申し訳ありません。決して、そのような疑いの目で見ている分けでもありませんし、丁寧にお応え頂き恐縮至極であります。これで、失礼します」

と二人は逃げるように退出した。


重々しい建物を出て、二人は無言のまま、ただ喉の渇きの癒しを求めて店に入った。

「瓶ビール頼むわ」といつもの敷島に戻った姿を見て北村は、

「敷島さん。初めて見ましたよ、あんな低姿勢の敷島さんを。作戦ですか？　それともどうかなってしまいましたか」と辛辣な言葉をかけたが、敷島は「お疲れ！」とビールを双方のコップに注ぐなり一気に飲み干し、

「北さんよ。お前、一言も喋らなんだな。大学の先輩だろうが」といつもの嘲笑が始まった。「でもな、俺もああいうタイプの人物にはアカンわ。しかつめらしい顔をして、まるで

聖人君子じゃない！　裏の顔は分からんけどな。本日の面談では、結局何の糸口も見いだせなかったな。お前、どう思う？」

「私の中では、何となく霧が晴れてきたような感じです。確かになったのは、検事の話が真実であれば、府警本部長の忖度または受電内容に犯人しか知り得ない事が入っていたかのどちらかでしょう！」

「北さんの、その頭脳明晰さが堪らんな、俺が手放さない理由だよ。そこで、質問だが『誘拐事件』にして誰が得するんや？　未だ金銭等の要求もして来ない犯人じゃないよな。誰だ、得するのは？」と、高揚で顔を赤らめている北村に問うた。

「誰も得しないでしょ、警察関係では。でも、失踪、行方不明となると、我々は動きようがない。誘拐となると捜査本部が立ち上げられ大々的な捜査に入る。そうか、やっぱり身内の人間が『誘拐事件』として未来君を早期に探し出して欲しかった。と云うことでしょう」

「いやいや、北さんよ。ええ所まで来とるのに、何で結論がそれなんや。身内が、どないしたら誘拐事件に持って行けるねん。誘拐と云う証拠らしき物も何一つないのに、身内が近所、否、大衆を巻き込んで警察署に嘆願したということやったら、最初からのストーリー通りやないか。どこかが可笑しい、納得いかんわ」と、コップのヒールを一気に飲み干した。

「北さん。こうなったら、中山本部長に直談判や。明日、一番で行くで！」と、云うなり席を立ち店を出た。北村は、この急展開を自分なりに処理しようとしたが、堂々巡りで、何故自分のような青二才が、地検検事正、府警本部長と二日間で会う羽目になってしまったのか、敷島の剛速球に薄ら恐ろしいモノを感じていた。

翌朝、北村は、いつもより早く署に着いたが、既に対策室では管理官と敷島が激しく罵りあっていた。

「どうして、勝手に検事正に会うんだ。頭がおかしいのか。一言、俺に云えよ。大阪府警全体への侮辱だぞ。それに、次は本部長に面談させろだと、お前何様なんだ!」と管理官は、この下っ端の刑事の行動に怒りの矛先を自分の拳に集め机を何度となく殴った。

「管理官! 単独行動は申し訳なく思っていますが、事前にお話しすればお許しを得れましたか? 寧ろ、私一人の責任として処理すれば足りることでしょうが、しかし、さすが本部長との面談は上司を飛ばせません。是非、一緒に同行ください」と丁寧に頭を下げた。

「おい、北村! 一緒に行くぞ管理官と同行しろ」と敷島は矛先を北村に向けた。

「本当に性のない奴らや、ほな、行くぞ」と管理官は二人を帯同して大阪府警本部へ車で向かった。車内で管理官は署長に携帯から連絡を入れた。署長は、府警本部総務部長に、管理官が向かう旨の許しを得た。そんな上司の苦労等には何の頓着もなく、敷島は後部座席で眠りに落ちていた。

府警本部の正面玄関から入った三人には、ピタリと私服が後ろから気配を消して付いてきた。エレベータで上層階に上がり、本部長室の部屋に到着するまで、幾度頑強なドアを通ったことか。部屋の前まで来ると、先ほどの私服が前に進みドアをノックして、三人を中に監禁した。

「泉北T署の遠藤管理官、敷島警部、北村警部補です」と私服は、自分が連行したかのように、冷たく紹介し終わると退出した。

　部屋には、中山本部長の他篠田監理官が立ち会った。

「急に、どうしたのかね。検事正にも会ってきたと云うことだが、尋常じゃないね」と本部長は婉曲（えんきょく）に叱責（しっせき）した。

「我々は、この事件の担当になり、日夜、捜査に取り組んでおりますが、どうも、事件性が希薄で、何をしてもそこに引っかかるのです。本部長！　本件はどうして『誘拐』事件となったんですか。そこが解決せんと、前に進めんのですわ」と、敷島は単刀直入に聞いた。

　本部長は笑いを堪え乍ら「何を馬鹿な事を云ってるんだ。両親から誘拐として捜査するよう申請が出ており、受理したまでだ。そんなことが事件捜査にどう影響するんだ。真面に刑事らしく働けよ！」

「本部長。それなら、滝田検事からの電話は何だったんですか。その電話が『誘拐』の決め手になったんじゃないんですか」と畳み込んだが、

「滝田検事からの電話は、検事個人の携帯に、男から『これ以上捜査を続けると悲しい結末になるぞ』との内容であったが、犯人からのものなのか、ただの悪戯か、何故、滝田検事に、と謎だらけであり、本件を『誘拐』事件とするだけの判断材料にはならなかったと記憶している。あくまでも、両親からの申請が受理されたという単純な事だよ」

それを聴いて敷島は、これ以上は無理だと観念したかのように「良く分かりました。大変お手数、ご迷惑をお掛けしました。署に戻り、一日も早い解決に努めます」と、深々と三人は頭を下げ後ずさりをして退出した。


管理官が「敷島。納得いったのか」と聞くと敷島は罰の悪そうに「よう分かりました。これで、捜査に邁進(まいしん)できます」と管理官に頭を下げ、北村と二人で堀端を歩いた。

「警部。嘘でしょう！　本部長は何かを隠してますよ。滝田検事の電話をそう易々と却下できないでしょう。こちら側にも証拠がないのだし。いゃ、あるのかな」と、北村は敷島にぶつけた。

「まさに『今望んでいるものを手にして、何の得があろうか。それは夢、瞬間の出来事、泡のように消えてしまう束の間の歓びでしかない』だな。ちょっと呑みながら作戦会議といくか」

「久しぶりに、シェークスピアですね。それにしても、まだ、昼前ですよ！」

「『所詮は人間、いかに優れた者でも時には我を忘れます』だぜ」と、名言連発と言葉が弾む割には顰め面のまま、店に飛び込んだ。

「奴らは、何かを隠してる。検事正と本部長の話が余りにも上手く出来過ぎている。口裏を合わせている」と敷島は断定し、続けて北村に「北さんよ。滝田検事の受電内容を調べてくれないか。お前の愛しい中田女史に掛け合ってくれないか」と、一転顔を綻ばせ乍ら指示した。

「止めてくださいよ！　仕事上、お目にかかっているだけですから。でも、前回依頼した時にも、これ以上は無理とハッキリ言ってましたけどね」

「お前、ほんとに坊ちゃんだな。女と云う生き物を分かっとらんな。彼女は次にお前がまた来るということを分かってるんだよ。『楽しんでやる苦労は苦痛を癒すものだ』」と諭した。

北村は、この事件に自分が魅入られていく、いや、寧ろ己からその曖昧模糊な世界へ飛び込もうとしている空恐ろしさを感じながら科捜研の中田恭子に会いに行った。

「先ほど、電話で少しお話ししましたが、滝田検事正から中山本部長に電話が入った受電記録のような物が残っているのでしょうか。以前お聴きした時は、確か『電話があった』と云われましたね。そのエビデンスのようなものがあるのかお聞きしたいのです」

「そうね。以前お話ししたときは、そう言いましたよ。でも、北村警部補がそれ以上聞かなかったので、私はそれ以上話さなかっただけですよ。本部長から、昨日、滝田次席検事から斯く斯くしかじかの電話が有ったと、書面で総務部長に提出されています」といつもの冷淡さで応えた。

「そうか、その文章が泉北T署長に伝達された訳か。その書面を見せて頂く訳にはいかないですかね」と、自分の抜け作振りを、目から鼻への中田に追い込まれ、半笑いしながら体裁を保つのが精一杯であった。

「泉北T署に伝達されたなら、署にコピーが有るんじゃないの?」と重ねて凹まされた。

「私ら、新参者、鼻つまみ者には、署内にそのようなコネを持ちませんので、何とかお願いしたい」と深々と頭を下げげた。

「まるで、新入生ね。書面を手に入れるのは難しいので、何とか写しを取ってみるわ。この代償は高いわよ」と、云って珍しく口元が綻んだ。

敷島に、この事を報告すると、

「お前、案外、恭子女史に気に入られてるんじゃないのか!」と揶揄された日から、二日後に中田恭子から北村の携帯に連絡が入った。

「写しを撮ったから、敷島警部と十九時に宗右衛門町の『縁や』に来て」とビジネス口調。

敷島に話すと
「『縁や』か。選りによって鱧料理専門店か。北さん、高くつくぞ。頼むで！」と云って、二人は堺の泉北T署から十八時に大阪市内の通称ミナミに電車で向かった。途中、泉北高速中百舌鳥駅から市営地下鉄に乗換え難波で降りた。雑踏でごった返す繁華街を避け裏道を歩いた。数年前にはここを管轄としていた敷島に気づいたのか、中年の男が通りすがりに軽く会釈した。敷島は振り返り「オイ！　ヤスやないか。ええ格好しとるから見間違えたがな。相変わらず悪いことしとんちゃうやろな」と相手の眼を覗き込んだ。

「無茶云わんといてよ、刑事さん。今はすっかり堅気で、金融会社やってますがな」と胸の内ポケットから名刺を出した。

「どこが、堅気や！　でも、俺が世話になる時は安―う、してや」と名刺をシャツのポケットに突っ込み、北村の方へ踵を返し歩き始めた。

道頓堀川の北側に老舗然とした店構えをした『縁や』があった。

暖簾を潜り、うす暗い照明に浮かび上がる庭石を踏み締めながら数歩で玄関に。そこには仲居が待ち構えており、部屋に通された。その間、北村にとっては初めての高級料亭、周囲を見渡しながら地に足がつかない様子で敷島について行った。部屋には、既に中田恭子が座っていた。

「待たせたかな。今夜は、このような高級料亭にお招き預かり有難さん！」とお道化て見せるも、

「早く座ってください！　敷島さんは私の立場を考えたことはお有りですか。一体どういう了見なのかしら。私にこんなスパイ擬(もど)きをやらせて」と、硬い表情のまま、いつも以上の冷淡さに加えてヒステリックに捲し立てた。

「本当にスマン！　この事件でワシらの味方は恭子ちゃんだけだし、この事件担当のきっかけも恭子ちゃんだし、それに、何といっても美人だし！　いやもとい、何といっても警察内部に精通しており情報収集が凄いことから、俺が北村に悪知恵を付けた。それで、写しは手に入ったのか」と、許しを請いながらも単刀直入に応じた敷島であったが、

「まぁまぁ。折角の鱧料理の前に不粋(ぶすい)な話はよしましょう。鱧には日本酒が良いのよね。八海山をお願いしょうかな」と、肩透かしを食らい。恭子が手拍子を二回打つと和服の仲居が襖をゆっくり開け、注文を聴いて奥に消えた。やがて、砕いた氷の上に透明の容器に入った酒が運ばれてきた恭子は賺(すか)さず敷島の青みがかった切子のグラスへ注いだ。慌てて北村が恭子の赤味がかった切子に慄(おのの)きながら注いだ。

「まぁ、今夜は無礼講。美味しい料理で和みましょう。乾杯！」と、間の抜けた挨拶をした敷島は、立て続けに二杯を一気に飲み干した。料理も徐々に運ばれ舌鼓を打ちながら日本

酒も四度のお替わりとなり酔いも回ってきたところ、終盤の鱧鍋の用意をするまでに間が出来たところで、

「中田主任！　そろそろ見せてくれませんか」と敷島が丁重に伺うと。中田は、バックからタブレットを取り出し、

「これが、現物を写したモノよ。とっくりご覧あそばせ」と云って開示した。北村も敷島の後ろに回り食い入るように見た。タブレットには、

総務部長殿

昨夜、大阪地検滝田次席検事より、当職に次の概要のとおり連絡が入った事を報告します。なお、担当部署、所轄等への通知内容等は六月二十一日の部門長定例会議に於いて練りたいので準備をお願いします。

平成二十二年六月十六日、午後八時三十二分着電。発信先大阪地検滝田次席検事

概要

六月十六日午後八時十五分に、滝田検事の私用携帯電話に男性と思われる人物から非通知で「未来君の捜査をこれ以上続けると、決して良い結果にならない」と訛りのない言葉で電話が有った。

以上

本部長山中

「たったこれだけ？　これで體料理は高いんじゃない」と敷島は懐疑的に恭子を覗き込んだ

「私が、情報としてお話しした事がそのままでしょう。まぁ、キレの悪い敷島さんだって、その後の定例会議の議事録或いは通達文が知りたいところですよね。そこで、キレの良い私めが、手に入れてきましたよ」と云って、タブレットを操作した。部門長定例会議議事録には、滝田検事に架電があった旨書かれているが、署内通達文章には滝田検事の架電の記載は一切なく、家族からの申請により「誘拐事件」として取組む旨の記述になっている。敷島は北村と顔を見合わせるなり「何じゃこれは！」と絶句した。理知的な北村には珍しく、頭を掻きむしりながら「私たちは、今まで何をしてきたのですかね。最初から何の疑いもない誘拐事件じゃないですか。通知文としては当然に滝田検事の名前は出せないでしょうし、同時に家族から署に誘拐事件としての申請が出ているわけだから……」

少し酔いで頬を赤く染めた恭子が噛み砕くように、

「全国の児童誘拐事件の大半は金銭目的じゃなく、性犯罪・虐待目的だから、未来君に犯人から何ら要求が無いのも不自然ではない。男児でも性虐待があり得るのか、という疑問があるかも知れないけれど、児童の場合は、本人からの告発も難しく正確な数値を把握できないが、警察が事件として把握する中では、男も女も関係ないと言ってもいいほどよ」

それを聴いていた敷島は

「そうか。今更ながらだけど、児童誘拐は金銭目的だけじゃないんだよな。虐待、猥褻目的が主か！　俺はまだ完全に納得したわけじゃないが、此処にいつまでも居るわけにはいかないなぁ。明日から、切り替えて取り組むか。北さんよ！」

「そうですね！　一歩ずつ前進してるんですから。後は、町田さん次第ですね」と云って舌を出して見せた。

恭子に労いの言葉をかけ、流石の敷島も本日はお開きとした。

猛暑が早く過ぎ去るように願う思いが、日時の速度を後押ししたかのように過ぎ去っていった。町田との最終期限まで一週間に迫ってきた九月二十三日。珍しく町田から捜査への申し入れがあった。これまで、未来君の自宅を中心に、隣接の春日池の周辺を探索してきたが、もう少し捜査範囲を広げて、自分を車に乗せて近接道路を走ってみて欲しいと。早速、白のワゴン車を手配し、未来君の家から少しずつ離れる形で走行する透視捜査を実行した。

九月二十五日に町田が泉北一号線を走行中の車窓から、「あの建物が気になる。近くへ行ってくれ」と、下車して古い建物内に入ると、荒廃した内部に服や書物等が投げ捨てられていた。どよめき立って鑑定に回したが、結果は未来君と結びつけるものは出て来なかったが、段々、町田の調子が出てきたようだ。『とじこめられている火が、いちばん強く燃えるものだ』と、敷島は心で呟いた。

次の日に町田は、未来君の家からそう遠くない小さな廃棄物置き場に車を停めさせ、悪臭の中から白骨化したを遺体を発見した。未来君だった。ここに至りて、失われたパズルの主要部分がいとも簡単にアッサリ、町田は見つけ出した。検死の結果、無残にも金属製のモノで首を絞められたのが死因。敷島をはじめ北村、町田は、取りつく島のないような虚無感に襲われた。

「俺たちの求めていた、探していた、答えが、これでいいのか！」と、天井を仰ぐように少々芝居がかった仕草で敷島は吐き捨てたが、直ぐに、
「いや。北さん、町田さん。捜査はこれからだよ。今は未来君の死亡が確認されただけだ。事件の解決は、この未来君を殺めた犯人を見つけることだ。捜査は確実に『未来君誘拐殺人事件』となった。やっとここからがスタートだ。我々に与えられた時間も少なくなった。町田さんについては、後四日だ。皆、悔しくないか。犯人は今もどこかで笑っているんだ。時間までベストを尽くそう」敷島にしては珍しく捜査の協力団結を訴えた。

泉北T署長から、未来君の遺体確認の報告を受けた大阪府警本部は、刑事部長に今後の捜査は本部が引き継ぎ、一刻も早く事件を解決するように申し渡した。なお、泉北T署の敷島警部の捜査班は捜査期限も近づいており、並行して捜査と云うよりは、「捨て置け」との異例の指示をした。

煙草の煙で靄(もや)った会議室では、三人が机上で犯人捜しを始め出した。

「今の段階で、犯人に結び付くのは、未来君殺害の方法だ。特殊な金属の仕掛けを首に引っかけるだけで、数分後には首が切断される。犯人は、切断現場を見ずに立ち去れる、いや、その惨劇(さんげき)を視ていたのかもしれない」と敷島が説明したところ、北村が「その金属装置をもう少し詳しく教えてください」と、敷島を見つめた。町田も同意するように頭を軽く縦に振った。

「この金属装置の詳細は外部に発表されていない。犯人のみが知る装置だ、だから外部には絶対漏らすな」と語気を荒げた。

「新聞発表では、金属製のひも状のモノで絞殺となっていましたが、何か特殊なモノなんですか、ワイヤーとか、針金等を想像しますが」と北村が問うと、

「簡単に言うと、釣り具の自動巻き上げ装置を改良したものだと考えられる。ワイヤーを輪っかにして首に、ヒョイと掛ける。後は起動指令をその装置に送るだけで、輪っかが電動で締まり初め、輪っかが元に戻るまで止まらない。首が切断されるまで止まらない。原理は簡単だが、人体をましてや骨までを切断するには、相当の動力アップをした筈だ。ワイヤーを一旦首にかけられると自分では外せなくなっている。後は起動装置を遠隔で操作すればワイヤーは締まりだす。切断までには5分とかからないらしい」

北村は、その惨(むご)い殺人機器に触れるのも汚らわしい素振りで、

「犯人の目的は何なんですか？　誘拐して殺すのなら、六歳の未来君の首を手で絞められるでしょう。なぜ、惨い装置を首に付けたのか」と訝し気に吠えた。すると、珍しく町田が口を挟んだ

「首を切断する、それも幼児の首を。犯人は相当な遺恨を持っているか、切断を快楽とする異常者としか考えられん。いずれにしても尋常じゃない、この犯人はこの事件だけと違うやろう。もっと他にも事件を犯しとるんとちゃうか」と、これまでの透視が救助に結びつかないもどかしさが荒々しい口調となった。煙草を燻らしながら二人の意見を聞いていた敷島は、煙草を灰皿に揉み消しながら、二人の意見を整理するように立ち上がり、

「我々は、これまで未来君誘拐事件の解決を目指して取り組んできた、府警本部からもそのように達しがあった。その意味では、未来君の遺体があがり、この事件は一旦解決したのかも知れん。本部の要求に答えを出したのかも知れん。しかし、二人の意見を聞いていてもそうだが、この事件は犯人を逮捕しないと解決しない。いや、寧ろ解決せねば何のためにこれまで時間をかけてきたのか無駄になる。未来君のご両親も当然に納得しないだろう。そこで、我々に残された捜査期限までには時間も少ないが、ギリギリまで犯人逮捕に邁進する。まずは、町田さんには、その殺人機器の現物から何か見えてこないか透視して欲しい。北さんは、俺と一緒に、新谷未来君の家族の怨恨関係を再調査する。それと、俺は、この殺人機器から何かヒントが出ないか科捜研をあたる。それから……、本部が本件の解

決に動き出してきているので要らん摩擦は避けるように。以上！　時間がない、緊密に動こうぜ」と、敷島は二人を鼓舞するため何度目かの檄を飛ばした。

町田泰三は、契約期限を三日に残し、早速未来君の遺棄現場に二時間程度居座り、未来君の所持品を抱きしめ透視を試みたが結果は出なかった。鑑識に寄り、殺人機器の現物を証拠袋の上から両手で抱え込み、鑑識官から退去を求められるまで、机の上のその異様なモノを見つめていた。

暗いジメっとした部屋に戻り、蛍光灯の紐を引っ張ると反応しない。そのまま、窓に映えるネオンの明かりの中で畳に胡坐(あぐら)をかいて座り込み「後二日か。ワシは限界やな」と呟き乍ら手探りで炬燵(こたつ)テーブルの上からコップを引き寄せ、部屋の隅に置いていた日本酒を注いだ。「そもそも、この事件はワシが大阪に流れて来てからの事件やからワシにはもっと何かを掴める筈や。そやけど、その頃の事は全く何も思い起こせんな。ワールドカップサッカーも最近のブラジル大会の記憶しか浮かばん。ワシは肩入れしてたオランダにしか興味がなかったけど……。待てよ、南アフリカ大会の時もオランダは強かった。確か決勝まで行った筈や、そうか、スペインのイニエスタにやられたんや。確かジャパンも予選でオランダと同組、敗れはしたものの決勝トーナメントに進んだんや。それ以外は記憶がないなぁ、もう数年前の話やもんな、思い出せんわ」とコップの中身を喉に叩き込んだ。

町田は、今夜が特別の日のように、これまでの人生を振り返りながらコップから酒を口に含ませた。町田は、この仕事を引き受ける以前に、路上で軽い眩暈（めまい）を起こし倒れ、救急搬送されＭＲＩ検査の結果、脳炎を患っていた痕跡があるものの今は進行していない。という病状が彼の記憶の曖昧さを惹起しているかは定かでない。

町田は、空きっ腹の深酒で、何時しか眠りこけてしまった。昼間の喧騒が嘘のような半夜の静寂の中、町田は薄暗い部屋の中に自分がいる夢、いや現実感のある状況を俯瞰して見ていた。薄暗い部屋は、小さな町工場のようである。町田が見つめている前で、小さな男が作業台で何かを造っている。手元だけが作業灯に照らされ浮かび上がっている。それは、あの殺人機器である、この小男が造っている。

町田は、これは夢なのか現実なのか、または透視なのかと、畳に座り込み軽く頭痛のする頭を抱え込んだ。

敷島は、北村と伴に新谷未来君の家を訪ねた。二人は応接間に通され、今回の事件の顛末を詫びるとともに、今後犯人を早急に逮捕する旨を約した。

「今更こんな話しするのも何なのですが、事件当時、未来君或いは家族の方で、誰かに恨みをかっていることはありませんでしたか。些細な事でも結構ですから教えてください」

と敷島が言葉を選びながら聞くと、父親が

「もう、ご存知でしょうがあの子は軽度の発達障害、自閉症がありました。普段の生活では何ら問題はなかったように女房からは聞いていますし、学校生活でも先生からはそのような発症は聞いておりませんが、やはり親には分かるのですが、言葉の遅れ、同一行動の繰り返し等は気になっていました。ある時、学校の近くまで車で送って行ったのですが、そこから学校へ行けない、とパニックになった事があります。結局、家に戻って、いつもの道を歩いて連れて行きました。その時初めて、親として何にもしてあげれないもどかしさと虚しさを感じてしまいました。あの子が、自分では気付かないうちに誰かに恨まれるような事をしてしまってる可能性はあるかも知れませんが、子供が誘拐する事は無いでしょうし、まして殺人なんて。私達夫婦についても、住環境の良い此処に来て十年以上になりますが、ご近所等とのトラブルもありません。私の職場は大阪市内ですが、業務上の些細なトラブルは避けがたいですが、遺恨を残すようなことはなかったですね」と丁寧ではあるが淡々とした返答を受けて、新谷家を後にした。

敷島と北村は、一旦署に戻り堺東で軽く打ち合わせをすることにした。

「北さん、気が付いたか？　新谷家、何か変わったような気がする」

「そらそうでしょう。息子さんの死亡が確定したんですからね、変わって当然でしょう」

「いゃ、俺が言ってるのはそういう事じゃない。今までは母親が我々の対応をしてきた。それが、今回は父親が出て来て、饒舌にしゃべりよる」

「そら母親としては、ショックのため言葉を失うってことでしょう」と北村は軽く相槌を打ったつもりが、

「ボケ！　違うんや、俺の云いたいことは、あの父親は何かを隠そうとしている。隠すために己が饒舌になっている。それに、見たか母親の腕と脚のアザ。服で隠そうとしていたが、俺は見逃さんぜ。あれはＤＶやろ！　あの父親は、原因は分からんが未来君と母親にＤＶしとったんとちゃうか」と息巻いた。

「警部！　それは何ぼ何でも、証拠もないのに推測ですよ。例え、ＤＶが有ったとしても未来君の誘拐殺人とは関係ないでしょう！」と敷島を落ち着かせようとしたが、

「今回の事件に関係あるんじゃ！　父親が息子の生末を不憫に思ったのかどうかは分からんが、息子を我が手で殺めた。その後ろめたさから、女房の冷たい視線を避けるために、女房へのＤＶが始まった。どゃ！　当たりやろ！」と敷島は、周囲の眼も気にせず捲し立てた。

「警部。もう帰りましょう！　それにしても女房へのＤＶの推理は説得力がありますが」と言葉を繋ぐと、

「『誰の言葉にも耳を傾けよ。口は誰のためにも開くな』だ。まだ、結婚もせん、お前に何が分かるねん」と突き放した。二人は、南海電車で中百舌鳥まで戻り地下鉄に乗って、難波で北村は降り、敷島は乗換えて家路についた。

北村は、敷島の妄想的な推理を、早い内に整理したくなり、難波から歩いて近くの場末の小料理屋に飛び込んだ。カウンターだけの狭い店内には客は居なかった。レモンチューハイを注文し、蛸を甘辛く煮た突き出しを食しながら喉を潤した。美味しそうな刺身の盛り合わせが出され、日本酒を注文する。女将が徳利から北村の持つ備前焼の猪口に注ぎ出した時、女性客が慌てて入って来た。「いらっしゃい。順子さん、どうしたの、そんなに慌てて」と女将が云うと、「御免なさい。少し、隠れさせて」と顔も見ずにトイレに隠れ込んだ。北村は背後のトイレが気になりながらも刺身を頬張り、猪口を口に運んだ。十分程度時が経ち、女将がトイレの側で「もう、大丈夫じゃないの。出ておいでよ」と促した。暫くして、女性が芳香剤を纏って伏し目がちに出てきた。

「どうしたんだい。云い難かったら言わなくていいけど、一寸、此処に座ったら」と女将が言うと、四十代半ば位の女は「すいません。ご迷惑をおかけしました」と頭をペコリと下げた。

「何が有ったか知らないけど、もう少し此処に居たら?」と云いながら、瓶からコップにビールを注ぎ女に渡した。女は、喉が渇いていたのか一気に飲み干し、女将がまた注いだ。「お客さん、すいませんね。悪い子じゃないんで、一寸我慢しといてな」と女将が突然北村に話を振って来た」

「いえいえ、私は構いませんよ。お気になさらずに」と簡単に往なしたつもりが、その女が「御免なさい」と云って、北村の横に座り徳利から北村の猪口に注いだ。「いやいや、これは申し訳ない。本当に気にせんと」と云いながら、女将にお猪口をもう一つださせ、順子に「どうぞ、返杯です」と云って注いだ。

順子にも突き出しがだされ、北村と飲み始めた。もう北村は、焼酎に代えたが、順子は日本酒を飲んだ。どういう事件が起こったのか、その話題に触れないまま、時間が過ぎた。女将が「今夜は暇だから、もう看板にするわ」と云いながら「順ちゃんはどうするの、大丈夫」と確信をついてきた。順子は「もう大丈夫です」と云いながら、ふらつきながら席を立とうとした。正義感の強い北村は、放っておけず「近くまで送りますよ」と云いながらお勘定をした。

「初めてのお兄さんやけど、順ちゃん頼むわな」と、体よく女将に店を放り出された二人はふらつきながら裏難波を歩き始めた。相当酔ってる順子は北村の腕にしがみ付きながら「少し、気持ちが悪いので、もう一軒寄って休ませて」と懇願し出した。

「早く帰って、休まれた方が良いですよ」と北村が促すも、順子は道端にしゃがみ込みだした。北村は途方に暮れ、へたり込んだ順子を背中に担ぎ、目の前のホテルに飛び込んだ。順子の衣服を緩め、ベッドに寝かせ、自分は上着だけを脱ぎソファに横になった。一気に酔いと疲れからか眠り込んだが、度々喉の渇きを覚え、目が醒め水を口にする。何回目かに渇きを覚えた時に、順子も立ち上がり水を求めた。「大丈夫ですか?」と労うと、「もう、大丈夫。随分お世話になったね。もう、帰るわ、今、何時?」と明らかに寝不足と飲み過ぎの不健康な顔で聞いてきた。「まだ、三時半ですよ。始発まで休んでいったら」と欠伸しながら云うと、「もう、目が醒めちゃったから眠れないわ」と帰り支度をしだした。「今からなんて、帰れませんよ。眠らなくていいから、もう少し此処に居ましょうよ」と優しく声をかけると、

「そうだね。あんまり、心配かけるのも悪いね。その代わり、朝まで付き合ってよ。今、お茶を入れるわ」と湯を沸かしながら茶器を、テーブルに置き、北村が寝ている、ソファに座り、「お兄さんは幾つ?　お兄さんの若さだと、私みたいな女には興味がないんだね」と北村を突いた。

「二十七才だよ。こんなシチュエーションで貴女と間違いがあると、後で必ず問題になりますからね。それが嫌なだけで、貴女は十分魅力がありますよ」と少し照れ笑いしながら答えた。ポットのお湯を茶器に注ぎながら、「昨夜の事も何も聞かないのね?」と北村の関

心をそそった。

「昨夜の出来事は何になですか？　まぁ、話したくなかったら結構ですが」と成り行上、返した。順子は茶器から湯呑み茶碗に、薄っすら茶の芳ばしさを漂わせ乍ら注ぎ分けた。片方を北村の前に進めながら、

「昨夜も、大した事じゃないんだけど、お店のお客さんに言い寄られたのを逃げてきただけなのよ。もう、逃げるような歳でもないんだけどね。四年程前に主人と別れてからは、昼の事務仕事もしていたのだけど、なかなか人間関係が上手くいかず、結局、夜の仕事が本業になってしまって、と云っても未だ手伝い程度なんだけどね。そんな分際で、客も選べず、使われる身の辛さだね」と、茶を口に含んだ。

「まあ、何も問題が起こらず良かったじゃないですか。人生、それぞれ、贅沢は言ってはおられませんよ。今、在るとこで頑張るしかないですよ。そのうち光明も見えてきますよ！」と、北村は自分に言い聞かせるように云った。

「若いお兄さんに意見されてる様じゃダメね。でも、お兄さん、しっかりしてるね。何の職業？」

「これは言わん方が良いんだけど、信用して貰うために云いますわ。警察官です」と照れながら云うと、

「えっ！　奇遇ね。前の主人も警察官だったのよ。でも、お兄さんとは全然違うわ。やっぱ

り、人間は職業じゃなく、人物だよね」と、分かったような分からない話をし出したと思ったら、

「汗かいたし、酔い覚ましにシャワー頂くわ」と、浴室に入って行った。その浴室は仕切りが曇りガラスになっており、順子の姿態が湯気と曇りガラスで艶めかしく北村を刺激した。北村は、警察官と名乗っておきながら、浴室に飛び込み順子を抱きしめた。

ベッドで煙草を燻らす順子に、北村は、

「何故、別れたの？」と、藪を突いた。

「DVかな」と含みのある答えをした。

「DVの原因は何かあるの？」と、聞くと、煙草を灰皿に消しながら「そんな事まで聞いたら、責任取って貰わないとね」と、微かに微笑みながら

「警察官が罪を犯すところを見てしまった。その警察官が主人だったのよ。それを主人に問い質すと、『俺は知らない、身に覚えがない』の一点張りで、あまりに執拗に問い質すものだから、彼も手を挙げたんだと思う。結局、それを黙っておこうとする絆と問い質さねばならないと云う悲哀との重荷に耐えかねたのね」と、未だ傷口から滲む微血を拭い切れない様子で語った。

「今、話したことは凄い事を言ってるんだけど本当なの？　これ以上聴くと、仕事柄関与したくなるけど、その目撃したという事件は解決済なの」と、泥濘にゆっくり脚を入れるように問うた。

「うーん。それ以降、その件には触れないように来たからよく知らないけど、未解決だと思う」と、こんな話持ち出さなきゃよかったという後悔の念に苛まれた様な表情になった。

「どんな事件なの？」と、北村は完全に刑事の顔になっていた。

「確か、誘拐事件。後でわかった事だけど」と、煙草に火をつけた。

北村は、この女は何故、今頃、こんな簡単に、見ず知らずの俺に打ち明けるのだ、と酔払いから本来の懐疑的な刑事に戻りつつあった。「順子さん。ここからは、所轄は違うかも知れないが、刑事として聴かせて欲しい」と、身なりを整え姿勢を正した。

「順子さんの本名は？」と言いかけると、「行き成り、取り調べなの？　本当に、刑事ってのは芯から警察だね。うちのもそうだったけど。本名は矢島順子、もっとも、離婚するまでは敷島順子。ここで言ったことは寝物語だから、証言等は一切しないからね。もし、強制するようだと、アンタに強姦されたと訴えるからね」と、可愛くはあるが開き直った。

北村は、敷島という名前を聞いた瞬間、愕然となり、順子の脅し等は耳に入らなかった。この女と敷島警部が関係あるのか、ただの偶然だろう、そう思いたい、と会話が途切れた。

「どうしたの？　強姦って言ったから怒ったの？」と、北村を覗き込んだ。北村は、心の動揺が収まらないまま前に進んだ。

「その目撃した事を話して貰えませんか、目撃の日時も」と、慇懃に問うた。

「なんせ昔の話だから記憶も朧だけど、確かサッカーのワールドカップをTVでやっていた。夜の十時頃だったと思うけど、泉北2号線から脇道に入り暫く走っていた時、反対側の歩道を男が子供を背負って歩いていた、それも千鳥足で、危なっかしくて見ていられず、減速しながら確認すると、その顔は主人だったわけ」

「ご主人と分かった時に、声をかけるとか、車に乗せるとかの方法を採らなかったんですか」と、少し語気を荒ぶった。

「こちらにも都合があって、声を掛けられなかったのよね」と罰悪そうに目線を下に落とした。

「えっ、どういう理由があるんですか、ご主人がフラフラになっているのに、助けもしないなんて」と、更に語気が高ぶった。

「ここからは、黙秘させて。話せないよ、私を罪人のように扱わないでよ」と居直りだした。

「罪人だなんて思ってませんよ、でも、一番肝心なところでしょう！　目撃した状況を話せないとなると、証拠にならないですよ」と、一転柔らかい口調で説得した。

「そこは、主人にも言えてないの。でも、そうよね、そこを話さないと信用して貰えないわね」と、言い終わると目線を天井に移しながら「もう、離婚して数年になるからいいか。実は、男友達の助手席に乗っていたのよ。だから、誤解も恐れて、その場をやり過ごしたの」と、悪女を裁いて頂戴と云わんばかりの眼で見つめた。

「先程、サッカーのワールドカップと云われましたが、その月日を覚えてませんか?」

「確か、私が帰宅して、少しすると日本の初戦のTV中継が始まった。始まる前からTVは大盛り上がりだったわ」との言葉を受けて北村はスマートフォンをググった。

「南アフリカ大会の日本の初戦はカメルーンです。2010年(平成二十二年)六月十四日、現地時間午後四時、日本時間六月十四日午後十一時キックオフですね。順子さんはその試合をTVで観たんだと思います。驚いたことに、正にその日は、未来君がい行方不明となった日です。私は平成二十二年四月の入署で、当時はこの事件のことは知らなかったのですが、今、担当してます」と、何か、確かな物を掴みかけたと云わんばかりの顔をした。

「それから、もう一つお尋ねしたいのですが、ご主人が背負ってた子供は男? ご主人は背負ったままでしたか?」と、核心に踏み込んでいった。

「半ズボンのように見えたし、髪型からも男児だと思ったわ。遭遇してはいけない人と出くわしたものだから、ほんの数秒のことだと思うけど、背負ったままのとこしか見てない」と、もう、何でも話すような口振りになってきたが、北村は、それ以上は聴かずにホテルを出た。

睡眠不足とアルコールで頭が朦朧となり、今しがたの事が夢のように思えながら、始発電車で舟を漕ぎながら家路についた。出署までの二時間足らずを完睡した。

北村が、重い頭を抱えながら堺の泉北T署に出署したが、敷島は本部に寄って来るとのことで姿を見せなかった。北村は昨夜の夢のような出来事を整理できず、敷島に対峙するにはもう少し時間が欲しいと思っていたところであり、密かに胸を撫でおろした。昨夜の出来を事をユックリ整理しょと、給茶機から熱いお茶を紙コップに注ぎ、口に運ぼうとしたときに、町田が血相を変えて入って来た。「北村さん。視えたんや！ 視たんや！ 殺人機器を造っている現場を視たんや」と上気しながら捲し立てた。

「まぁまぁ。町田さん落ち着いて。詳しく話してくださいよ」と席を勧めながら、もう一杯熱いお茶を机に運んだ。すかさずお茶を口にしながら、

「今朝、視たんや。殺人機器を造っている現場を視たんや。男が見えたが、後ろ姿しか見えんかった。小男やった」

「どういう風に視えたんですか？ 夢を見たと云うことですか？」

「いゃ、夢やないんや。ワシの頭の中に映ったんや。上から俯瞰するように」と、まだ興奮冷めやらずの体で動作を交えながら立ち上がり、机上を俯瞰した。北村は、町田を座らせ、

「その男の特徴とか、場所の特徴とか、思い出せませんか？」と、ここぞとばかりに問い質した。

「いゃ、特徴はないけど、ワシがその男に会ったら、見分けがつく。その場所に行けば、ハッキリ見分けがつく。もう、二日しかあらへんが、今から車を出してくれんか。大体の場所は視えている。車で走って感じたところで停めてくれ」と提案してきた。北村は、敷島に電話を入れて事情を報告し、指示を待った。敷島は、「昼飯食ったら帰るから、それからの段取りにしてくれ」と、指示した。北村は、町田に状況を説明しながら、昼から回る箇所の地図を用意した。

「ところで、場所は大阪なんだろうね。何が視えましたか？」

「上から、視てたんやが、大きな川の側にある町工場で、周りはマンションが立ち並び、ポツンポツンとスレート葺きの屋根が点在して見える所や。本当に小さな、一軒家程度の工場に視えた」

「なかなか、雲を掴むような話ですね。大きな川と云えば淀川か、東大阪は消えるのかな。川沿いに零細工場がマンションの合間に点在する所と云えば、西淀川区、此花区辺りかな。四十三号線から淀川沿いに走ってみますか」と、独りでブツブツ言いながら、地図を辿（たど）っていた。

朝一番に、科捜研の中田恭子を訪ねた敷島は、小会議室で中田を待った。待ち合わせ時間の九時と同時にドアがノックされ、私服のままの中田恭子が入って来た。

「御免なさい。急に呼び出したりして、どうしても教えておきたい情報を掴んだものだから」と、黒表紙のファイルを開きながら話し出した。

「何言ってんだい。恭子ちゃんのお呼びなら、毎日でも駆け付けますよ！　それで、どんな情報なんだい？」と、丁重に聞くと

「今、敷島さんが担当している事件について、新しい情報が得られたの。これは、言うべきか迷ったのだけど、捜査期限が迫っている状況のようなので、情報として知っておいて貰いたいと思って」と、前髪を掻き上げ乍ら敷島を見た。

「おいおい、また、勿体ぶって、高い料亭でもご馳走させる積もりじゃないやろな。確かに、期限が迫り白旗状態やな。何にでも跳びつきたいところやから、聴かせて欲しいね」とお道化ながらの対応にも中田は表情を変えずに、

「新たな情報は二つあるの。一つは、町田泰三の事、私が紹介しておきながら、やはりどうしても町田への疑問が拭い切れず、私なりに再調査してみたの。町田は、二年前の平成二十五年八月に、路上で軽い眩暈で倒れ、救急で運ばれＭＲＩ検査の結果、過去に脳炎を患った痕跡はあるものの今は治癒しており、眩暈の原因は特定できない」と、話す言葉を遮り、

「そんな情報。事件と関係ないやろ」と吐き捨てるように言うと、

「一寸待って、まだ続きがあるの。脳炎を患っていたと云うことは、在りもしない事象が視えてしまう。つまり、幻影を見てしまう可能性があるの。だから町田の透視も怪しいものかも知れないと云うこと。そんな状態の中で、彼が未来君を発見したと云うことは、町田が起こした犯行かも知れない。過去にもやっているし」

「おいおい。どうなってるんだ。俺たちは今まで犯人と捜査をしてたわけか。たまたま紹介された町田が犯人とは考え難いな。それに、町田は元々関東の人間やし、土地勘も無いしね。でも、透視能力がない男が、透視して未来君を見つけたと云うことは、町田がやったからか？　そやけど、動機は何やねん」と、天井を見つめた。

「町田は、関東で児童誘拐の容疑をかけられている過去があるわ」

「変質者か。ちょっと変わっとるがそんな男には見えんけどな。情報は有難いけど、それだけじゃ、何の証拠にもならんな」と、恭子の顔を覗き込んだ。中田は、鋭い眼差しで
「もう一つ。これは、北村俊介のこと」と、話し出すのを遮り、

「休憩や！　疲れるわ、美人とこんな話。煙草吸わしてーな」と外に出た。

数分して、煙草の臭いを身に纏わりつけて部屋に入って来た。その間、中田恭子は、科学者の自分が科学的根拠を提示出来ないもどかしさを感じていた。敷島は、余り興味がなさそうな顔をしながら、

「もう一つの話を聞きましょか！」と、お道化た。幾分、強張った表情で中田は、

「北村俊介警部補のことを、敷島さんは何か知ってるの？」

「いゃ、町田泰三と同様、上からの押しつけ……」

「そんな嫌みじゃなくて、素性をご存知ですか？」

「東大法科出のノンキャリだろう」

「北村俊介は、木村俊介なのよ！」と、中田にしては珍しく声を荒げたが、

「木村俊介って、誰れ？　何になん？」と、両手を広げながら中田の顔を訝し気に覗き込んだ。

「平成十六年、敷島さんはＪＢＣ事件で警察の汚点とまで言われた事件をお忘れじゃないでしょう？　その時、拘置所で自害した犯人、木村善一の息子よ。その事件以来、木村家は一家離散。妻も一か月後に交通事故死、自分からトラックに飛び込んだもよう。一人息子の俊介十六才は、ある資産家に養子として受け入れられた。東大法科を出て、平成二十二年に大阪府警本部に入署」

「何言うてんねん！　殺人犯の息子が、そう簡単に警察に入れんでしょう！　ましてや、警察に恨みを持っている人間が！　警察の調査能力も穴だらけやな」と、聞かされた事実に動揺を隠せず、上擦りながら応戦した。

「警察の上層部からの推薦が有ったとのことよ」と、更に敷島に引導を渡した。

「と云うことは、俺に復讐、親の仇を取りに来たって事かいな。そんな偶然あれへんよ！それにしても、復讐が目的なら警察官になる必要もないだろうに。どうも合点がいかんな。どうせ、この情報も証拠が無いのやろ」と、完全に我を失い、これが昨夜からの夢の続きで会って欲しいとまで願った。

「北村俊介を調べて行くと、不可解な事が多いのよね。勿論、証拠はないのだけれど。彼は、大学生の時に、栃木で起こった少女誘拐殺人事件の容疑者の一人として捜査対象になっているのよ。最も、証拠不十分でリストから外されたのだけど、その事件は未解決のまま。実は、その事件も首カッターが少女の首に巻かれてたのよ」と端正な顔を崩さず畳み込んだ。

「一寸待ってよ！　そこまで分かっている北村を何故警察に入れたのかな。上層部の指示って、何？　北村と上層部は出来ていて、この小さな俺を潰しに来たと。そんな馬鹿な事を警察が企むのかよ。そんな事をせずとも既に俺は死に体だし、警察もそんな暇じゃないだろ！　俺は俄（にわか）には信じられんな、そんな話」と、涙と唾で顔をグシャグシャにしながらトイレに駆け込んだ。

　トイレから戻った敷島は、重くのしかかる固定観念を覆さんと必死の形相で、「『悲しみが来るときは、単騎ではやってこない。かならず軍団で押し寄せる』か」とシェークスピアを引用したかと思うと、

「恭子ちゃん。どうしても、拭えない疑問が一つある。恭子ちゃんは、何者なんだ？　どうして俺達第一線で働いてる刑事より情報が多いのか。また、機密性の高い情報をどこから得ているのか。これまでも、疑問に思いながら、恭子ちゃんから情報を得てはきたのだが……」とパンドラの箱を開けかけた。

「そうね。そろそろ、素性を明かさないと、只のホラ吹き姉さんだものね……。私の父は、警察庁次長の重森恭一よ。もっとも、私が高校生の時に離婚して、私は母方に引き取られんだけど、父は、その後も私に何かと援助してくれている。これまでも私から父に一度も支援を申し出たことはないのだけれど、必ず私が動く前に上司が機転を利かせてくれると云うか、父への忖度なのか。父とは、たまに電話で話す程度で、健康状態の確認程度なのよね。私は、今でも自力で情報を得ていると思っているし、父とは関係ないと思っているのだけれどね……」と、敷島を見やった。

「凄い人がバックにいるんだね！　今後、失礼のないようにしないとね！　まぁ、情報の徴取については何となく納得できたが、北村の件については、不可解だね。まさか、北村を警察に入れたのも親父さんかい？」

「それが分からないの。警察上層部の推しとは判っているのだけど、警察庁が関与することはあり得ないし。何故、警察に入署させる理由が見当つかないわ」

「案外、北村の資産家の養父が大物で、警察にもコネを持っているとかじゃないの」とお

道化たが、

「それにしても、警察に敵意を持って自害した殺人犯の息子を、入れるかね……？　それともう一つ大事な事は、北村が、過去に少女誘拐殺人容疑者としてリストアップされてた事。それと、この一連の不可解な事件の凶器である『首カッター』の存在を事前に知ってた事。下手すると今回の未来君誘拐殺人事件の容疑者にもなり得る……。これは北村に聴くしかないか！」

敷島は、中田恭子に深々と頭を下げ、『弱いものを救い上げるだけでは十分ではない。その後も支えてやらなければ』と、シェークスピアを呟きながら堺泉北T署に向かった。道中、この事件は、担当者が容疑者で有りうる可能性が否定できず、趣味の悪いミステリー映画を観ているような錯覚に襲われていた。

九月末とはいえ、まだ暑い真昼の空を、雷が轟き、俄かに道路の埃を巻き上げるような強い雨が音を立て走り回った。署に戻った敷島を、北村、町田が千秋の思いで待っていた。

「すまん。待たせたなぁ。話を聞かせてくれ」と、町田に目線を送った。

「今朝、未明に、首カッターを造っている人物の後ろ姿を俯瞰で視た。場所も近くまで行けば分かる。明日までの期限なんで、今日中に、場所を突き止めさせて欲しい」と、町田がやっと、お役に立てる時が来たと云わんばかりに力説した。敷島は、中田恭子の今しがたの情報から「町田の野郎、最後の最後にアリバイ作って。ごまかす気なんやろ。どうせ、透視なんか出来っこないんだから」と内心で思いながら、

「北さん。準備は出来てるか。ほな、行こうぜ！」と黒のステップワゴンに乗り込んだ。

車は、未来君の自宅近くまで周り、泉北二号線から阪神高速湾岸線を通りユニバーサルスタジオで降りた。二号線を少し走り四十三号線に出て伝法大橋を渡り福という交差点から速度を緩めながら淀川を右に見て走った。「町田さん。この辺りからが零細の町工場が目に付くと思うので、何か感じたら云うてください、車を停めるから」と、寝不足の北村が運転しながら助手席の町田に話しかけた。

「まだ、何も感じんが、どこか視た様な景色のような気がする」と、先ほどの威勢は影を潜めたが、着実に核心に近づいているというムードが漂っていた。程なく、大手の塗料工場を過ぎ、町工場が乱立している辺りに差しかかると、町田が

て車をゆっくり動かした。

「此処で降ろしてくれ。少し歩いてみる」と言い出した。町田を降ろし、北村は町田に付いて車をゆっくり動かした。

「なかなか、手が込んできたが、北さんはどう思う？　今更ながら町田のパフォーマンスを信じてるのか」と相変わらずの敷島の言葉を遮るように、

「町田が止まりましたよ。何か視えたんじゃないですかね」と、車を停めて降りた。敷島も止むを得ず降りた。町田は、町工場の前を数軒通り越したが、シャッターが半分閉じている一軒の工場の中を覗き込んだ。間口の狭い奥行きのある十坪程度の工場内はうす暗く、閉じかかったシャッターから差し込む日差しとのコントラストで一瞬眩暈を覚えるような、異様な空間を演出していた。町田は、「此処に、何となく見覚えがある。中に入って確認したい」と、歩を進めた。まだ、昼過ぎと云うのに、内部は誰一人いなく閑散としているものの、軽塵が陽射しに激しく舞っていた。町田が、金属製の油ぎった作業台に近づき、

「ここに間違いあらへん。犯人は此処におる」と、敷島に顔を向けた時、気配に気づいたのか、汚れた作業着の男が「あんたら、何してんのや！」と、気色ばった顔をして詰め寄った。

「いゃ、無断で申し訳ない。実は、人を探していて、此処に居られると聞いたものだから」と、北村は機転を利かした。続いて、町田が「ここに、年配の、五十代位の男の人は居りませんか」と、その作業着の男に尋ねると、

「今では、オヤジさんと私の二人やから、オヤジさんのことかな」と云い終わるのを被せ

るように、「そのオヤジさんは居られますか？」と、町田が聞くと、

「オヤジさんは、昼前から出て行ったわ。どこへ行ったか知らんし、帰りは夜になるから、先に帰るように言われてる」と、町田は藁をもつかむ思いで、「オヤジさんの名前は何というのかな？　この工場では何を造ってるのかな？」と唐突に聞くと、

「オヤジさんは、この名和機工の社長で、名和正博や。今は、鋼管や鉄筋の切断加工が主な仕事やけど。昔は、金型造ったりしとったみたいやけどな、今は碌な仕事しか来んわ。オヤジさんも、それで毎日のように昼から駆けずり回ってるんや」

「なかなか厳しい業界みたいやね。大変やけど、頑張ってな。オヤジさんが帰ったら電話してくれるように」と、町田は精一杯の丁寧な言葉を用い、紙に自分の携帯番号を書いて渡した。

「何の用件か、書いといてーな。そのまま、オヤジさんの机の上に置いとくから。こっちに、とばっちり来るのん、かなわんさかいに」と、紙切れを受け取って、奥に消えながら、

「工場内の物に触らんといてな。オヤジさんに怒られるさかいに」と、声を残した。

この遣り取りに一切口を挟まなかった敷島が、「町田さんよ。最後のアガキか知らんけど、電話頼むぐらいでかまへんのか？　最後の絆やろ？　それに、首カッターらしきものも見つからんかったし」と辛辣な言葉を吐くと、

「必ず、連絡が入る！　アイツもワシラが来るの待ってたんや。きっと、見つけて欲しかっ

たんや」と、譫言のように呟いた。

三人は、その後も淀川沿いにユックリ車を走らせ、同じコースを三回廻ったところで、

「やっぱり、あそこで間違いない」という町田の言葉で、署に向かった。

三人が其々の思いを心に秘めながら、一言も発しないまま、陽が傾きかけた署に着いた。


三人が署内に居る間には、町田には連絡が入らなかった。町田が、暗いじめっとした自分の部屋に戻り、一升瓶から酒を注ぎながら、今日の出来事を思い起こしながら、名和正博と云う男の顔が振り向きそうで振り向かなかった未明の透視を、何度も再現しようとするが、男の顔は見えないままのじれったさに、酒をあおった時、今まで、一度も鳴った事のない携帯がブルブルという振動とともに鳴った。「もしもし、町田ですが」と携帯を耳にあてると、「名和です。伝言を頂いてましたので」と、意外にも落ち着いた低い響きの声の男が対峙した。

「至急のご用件とは何でしょうか?」と、聞かれ「メモにも書いといたが、首カッターの件です。名和さんところで、首カッターを造ってましたよね」と、単刀直入に応じると、「首カッター?　何ですか、それ?」と、聞き返され、

「輪っかになった鋼が自動的に巻き上げられる器具を知りませんか?　何という名の器具かは知らんのですが」

「そう言えば、随分前に特注で数個造ったね。機械と云う程のモノじゃなく、自動巻きリールを応用したオモチャのような器具ですね。確か、樹木の枝を掃うのに使うとか、簡単な図面を持って依頼がありましたっけ。いずれにしても、うち等の会社が取り扱うようなモノじゃないですよ」

「その依頼者の名は分かりますか？」

「うーん。調べれば分かると思いますが」

「お手元に、この器具が残ってたりしませんか？　また、この器具を、その依頼人以外に見せたことはありませんか」と畳み込んだ。「試作段階のモノが、どこかに取ってあると思いますよ。製作依頼品は引き渡し後のクレームが多いですからね。今日連絡貰うまでは、この器具の事は忘れてましたし、機密事項ですからね、他には見せてませんよ。ところで、何で今頃また？」

「ハッキリ言うと、この器具が人の首に巻かれた死体が出たんですわ」

「人の首に？　そうすると、依頼者が犯人ですか！　そんな事件に関わりたくないですな。もう、いいでしょう！」と電話を切られた。

直ぐに、折り返し、電話をして「事件には巻き込みませんから、その試作品と依頼主の名前を教えて貰えませんか」と哀願すると、かなり動揺した声の響きで、

「用意するから……、明日、夜七時に、工場まで来て欲しい。ただし、一人でやで」と、最

初の応対とは微妙に変化して電話を切った。透かさず、敷島に電話を入れた。

「町田です。夜分すんません。今しがた、町工場の名和社長から連絡がありましたんや。依頼主を教えるから、明日、午後七時に町工場へ一人で来いと云うんですわ」と、町田にしては珍しく、何か覚悟を決めた様な慎重な物言いであった。

「町田さん。やりましたね！　契約最終日の明日に。事件解決でっせ！　そやけど、一人で行ったらアカン。相手は凶悪犯の可能性もあるんやからな。まあ、明朝、北村も加えて対策練ろか。ご苦労さんやったな、今夜はゆっくり寝てよ！」と、既にアルコールが回っている口調であった。

珍しく、自宅呑みの敷島は、明日で全てが終わる。明日で全てが終わる！　と節の付いた口調で、コップの酒を呷ったものの、『どうしたら、いいもんかのう。明日、七時に、容疑者が三人集まるんや。名和という殺人器具を造ったとされる男、動機は分からんが、可能性はある。ただし、製作依頼主が分かったら、別の容疑者が浮かぶこともあり得る。それに、一番怪しい町田。奴は、やっぱり最後まで分からん謎の人物やな。意外と名和と町田は出来ているのかも知らんな。明日、気を付けなあかんな。町田が凶器を得て実行した可能性が大きいな。それに、北村か。中田恭子の情報が正しければ、本命かも知れん。動機は十分とは言えんが、警察いや俺に対する復讐心は十分ある。しかし、幼児誘拐殺害は、彼の歪んだ性癖なのか。そう考えると、町田の方が怪しいか？　いや、まだ他にも怪しいのはおるんかもしれ』と、頭の中を堂々巡りのスパイラルが回り始め、結局、朝方の四時まで寝つけずにいたが、潮が引くように暗い鉛の世界へ引きずり込まれた。

翌朝、九時に敷島、北村、町田が夫々(それぞれ)の思いを抱き神妙な顔で会議室に入った。敷島から、「本日は、町田さんの契約最終日にもあたるが、新谷未来君誘拐殺人事件の最終局面を迎える日となると予想されるので、遠藤管理官にも会議に立ち会って頂くことにした」と、管理官の方に軽く会釈をした。

「早速、本題に入るが、本日未明に町田さんに、名和から連絡が入った。器具の製作依頼人を知らせるので、町田さん一人で午後七時に工場に来い、と云うものだ。そこで、二人の意見を聞きたい。名和が犯人なら容易に証拠品等を渡す筈もないが、さりとて、会わなきゃ解決できない。……」と口籠もったところに、間髪を入れず町田が

「この件はワシに任してくれんか。ワシ一人で会いに行く。ワシの最終日やし、何とかさせてくれ」と語気を強めた。頭の中が『一体、誰がホシなんや？』と混乱してる様相の北村が「名和も怪しいが、依頼者が一番でしょう？　依頼者を聴きだすためにも会わにゃいかんでしょうが、一人ではダメですよ！」と、整理のできないまま発した。

敷島が、先ほどの続きとばかりに「依頼者がホシかも知れんが、本当に依頼者がいるのか、名和の作りごとだとしたら、名和は危険極まわりない人物となる。そこで、町田さんに一人で会って貰うが、俺と北村は勿論、署からの応援もお願いしたい」と、云ったところで、管理官が

「敷島警部、北村警部補は町田さんを陰でバックアップしろ、当然、銃を携行しろ。周囲

は、本部から武装の特殊部隊を要請して固める」と、敷島を鼓舞したが、敷島は、いよいよ、テレビドラマのような展開に、銃も実践で撃ったことないが、これが警察官の本分やと、微かに震える脚で覚悟を決めようとしていた。北村も白い肌が微かに赤味を帯び緊張の度を現していた。町田は、いつもの濁った眼が朝の魚のように輝いていた。こんな町田は今まで観たことがない。

窓のサッシが陽の熱で歪んだ光を容赦なく会議室の机を射通している。昼過ぎまで、工場の見取り図を基に人員配置等の綿密な打ち合わせが続けられ、午後5時丁度に泉北T書を出発することに決定した。

本日が期限の町田は、落ち着かない様子で数少ない私物等の整理を行いながら、時折「もう、他に何もなかったかな?」と消え入るような声で呟いた。

北村は、これまでの事件の経緯を示す書類の山に対峙するかのように机に向かい、書類を読んではメモをしながら天井を見詰める作業を繰り返していた。

敷島は、名和に会ってみてからが勝負やと、腹を括ったかのような様子で煙草を燻らせながら、時折り湯呑みを口元に持っていく度に二人を見渡し、『どうとでもなれ、どんな大嵐の日でも、時間は立つ』とシェークスピアの名言を呟きながら、「はよ終わってアベベのコーヒー飲みたいわ」と本音を漏らした。

まだ、日中の暑さが一つの陰りもなく温められた道路からは陽炎が舞い上がる午後5時に、黒塗りのカムリを北村が運転し、助手席に敷島、後部座席に町田を載せて出発した。管理官、泉北T署員4人も車を連ねた。府警本部からも特殊部隊員5人が応援に駆け付ける手筈である。

会話もなく重い雰囲気の敷島を載せた車が、阪神高速湾岸線に乗り入れて間もなく、町田の携帯が鳴った。町田が慌てて携帯を耳にすると、「町田さんか。待ち合わせ場所を変更したい。舞洲へリポートの駐車場に来てくれ。七時になったらライトを二回点滅しろ、それが合図や」と一方的に喋り電話を切った。町田の慌てふためいた様子に、北村はバックミラーで、敷島は振り向きながら「町田！　どうした？」と声を掛けた。町田が待ち合わせ場所が変更になったと怯えながら小声で呟いた。「場所は？」と敷島が聞くと「舞洲へリポート」と云って、座席にしゃがみ込んだ。

「おいおい、何の真似だ？　急に場所の変更って、ただ依頼者の名前を伝えるだけだろうが。他に何を企んでる！」と、動揺を隠せない敷島に、「警部。管理官に連絡を入れます」と云って、ハンドルを握りながら管理官に変更を伝えた。北村の対応に冷静さを取り戻した敷島は、「北さんよ。これは一体どういうことなんかな？　待ち合わせ場所の変更が、何のために必要なんかな？　俺には分からん。名和がホシと云うことか？『罪から出た所業は、ただ罪によってのみ強力になる』か」と呟くと、北村は舞洲へリポートへ向かうスタンスを取り、前方を直視しながら、

「名和がホシなら、会わずに逃げるでしょう！　警察が来るのが分かってますからね。でも、場所変更してまでも町田さんに会うと云うことは、町田さんが知ってる情報が知りたいか、町田さんに何かを伝えたいか、恐らく名和の過去にも犯罪の影が感じられますね」と云い終わるや、

「北さんよ。名和は過去に交通違反すらないキレイな人物だったろうが。推測はいかんよ！　ちゃんと、前向いて走らせろよ」と敷島が諭すと、

「警部からそんな正論を聴かされるとは。町田さんのような前科者は別としても、私も警部も前科が無くても警察に探られるとヤバい事は一つや二つあるんじゃないですか」と、揶揄すると、敷島は嘲笑しながら

「北村！　お前、大事な前に、喧嘩売ってんじゃないよ」と、運転席の北村の頭を軽くコツいた。その間、町田は後部座席で放心状態のように薄暗くなってきた窓の外を眺めていた。

車はやがて、右にＵＳＪを見ながら左に進み海の中の此花大橋を滑るように走り続けた。前面に、遊園地のような気色だった色を放つゴミ処理場を見ながら右折して舞洲へリポート近辺に着いた。陽の沈んだヘリポートには人影もなく、事務所棟にも灯りはあるものの

人の気配は感じられず、四方の四基の街灯が道路に接した駐車場の数台の車を浮き立たせていた。

敷島を載せた車は駐車場出入口の一番近いスペースに停めた。管理官を乗せた車、ひときわ目立つ特殊部隊を乗せた特殊車両は身を隠す場所がなく、駐車場の出入り口を確保するように二手に分かれて道路際にエンジンを切って駐車した。

車内から、駐車場に駐車している車の様子を窺っていた北村が、

「もう直ぐ、七時ですが、人の気配は感じませんね。本当に来るんですかね」と発すると、

「七時になったら、ライトを点滅して合図せーよ」と、敷島が鋭い口調で指示しながら後部座席の町田に
「相手が現れたら、打合どおり一人で外へ出て、名和と接触してくれ、但し、距離を充分保つこと。俺と北村はいつでも飛び掛かれるように、車内で鳴りを潜めて待つ」と、これも冷たい口調で云い聞かせた。町田は、街灯の灯りがより一層蒼白さを浮き上がらせた顔で
「必ず、仕留めたる。依頼者の名前を聴き出し、己の罪状も吐かしたる」と鬼気迫る言葉を発した。

「アカン、アカン。町田さん、打合どおり名前を聴き出すことで終了やで、後は警察に任しとき」と、北村はハンドルを握ったまま振り返り微かに笑みを浮かべて諌めた。

午後七時に、敷島の合図で、北村がヘッドライトを二回点滅した。少しの悪魔の休息の

時間をおいて、駐車場に停まっていた黒のボックスカーがヘッドライトを点滅させながら約二十メートル離れたところに停車した。敷島が「町田。今や！」と、言い終わる間もなく町田はドアノブを引き、転げ落ちるように身を外に晒した。ゆっくりと、車間距離の半分の所まで進み出た。すると、黒のワゴン車のライトが消え、甲高い金属音のドア音がして男が降り立ち、「町田さんか？　一人で来いと云った筈だが、何だ、選りにも選ってこの見え見えの警察は。依頼者の名前を教えることが、何か俺の罪になるのか？　寧ろ感謝される筋合いのものだろうが」と、小男と想定していたが予想以上の長身で小太りの男から長文のダメ出しが、低い声で発せられた。圧に押されそうになりながら町田は、

「いや、スマン。ワシも警察の協力者として働いているのは知ってるやろう。ワシが命じても云うことを聴く相手じゃない。が、決して手出しはさせんから安心してくれ。ワシの保安のために付いて来てるだけやさかい」と、話ながら名和との距離を詰めた。その間、敷島と北村は、名和に気づかれないように車外後方の両サイドへ分かれて移動した。特殊車両の隊員は、外からは動きは全く見えないが各々銃の照準を名和に当て、指示を待っている。

　町田が距離を詰めたことにより、名和も二歩町田に歩み寄り、

「依頼者は木村さんだよ。あのクレジットカード詐欺事件で、ホステス二名を殺害後、自殺した木村さんだよ。私が造った器具で殺害したんだろう」と、町田を険しい眼つきで見

つめた。町田は、
「違うだろう！　その器具を使って、その後も殺人が行われてるんや」と、言いながら更に名和に手が届くような危険水域に入った。敷島、北村を始め特殊隊員にも緊張の度合いが高まった。町田が「本当の事云うてくれ！」と、名和の手を握りに動いた瞬間、名和が町田の右手を捻りながら町田の背後に回り、左腕で町田の首を絞めつけながら、
「お前！　何を寝惚けたこと言うてんねん。お前が、この器具を高値で買ってくれたんやないかい」と器具を胸ポケットから取り出し見せた。その一瞬の隙をついて、町田は名和から転げるように離れたが、そこに、依頼者が木村と聴かされ動揺を隠せない敷島が跳びつき、町田を背後から羽交い締めにして
「町田！　お前が犯人か」と聞くと、
「とんでもない。犯人はこの名和やろが」と云って、力強く敷島を振り解き、植垣の剥がれかけた縁石を握りしめ、先程の揉み合いで蹲（うずくま）った状態の名和の後頭部に「この野郎」と振り下ろした。鈍い声を出して名和が地面に潰れ込んだ。さらに町田は容赦せず、縁石を両手で握りしめ頭上に振りかぶった時、一発の銃声がして町田はその場にしゃがみ込んだ。弾は町田の右脚を貫いていた。敷島がしゃがみ込んだ町田の背後から首に腕を回し、先程発砲した銃を町田の頭に突きつけ
「町田！　白状しろ。頭ぶち抜くぞ」と云った瞬間、車の後部から前面に移動していた北

村がとても初めてとは思えない銃さばきで敷島の右肩を射貫いた。敷島はもんどり替えって後ろに倒れた。それと同時に待機していた警察官、特殊隊員が飛び出し、名和、町田、敷島を確保した。敷島は

「何で俺が狙撃されなアカンのや!」と喚きながら車両に乗せられた。名和、町田も命に別状なく救急病院に搬送された。

病院に搬送され手当てを受けた三人が三人とも、

「何で、俺がこんな目に遭わなあかんのや。事件は解決したんかい? 誰が犯人なんや!」

と思いながら長い一夜を過ごした。

府警本部では、マスメディアに知られる前に素早い対応が求められ、三日後には唯一目撃情報のある敷島を、元警察官として死体遺棄・殺人容疑で逮捕状を地裁に請求した。

敷島の

「全く身に覚えがない」更に『物事に良いも悪いもない。考え方によって良くも悪くもなる』と云う意味深なシェークスピアの名言を付した答弁は、医師のアルコール性健忘症の疑いがあるとの診断書により、否認された。

警察としては、身内の犯行を隠蔽したと疑われるのを極力避けたかったための、早期の逮捕となったが、敷島を罪人とする何の物証も無く、また、名和、町田、そして敷島を撃った北村の潔白も示されておらず、またまた、警察内部の事情も不明瞭極まりなく、警察関係者以外の未来君の父親、その他の人物、また滝田検事への電話脅迫者の可能性も拭いきれない。マスメディアは、連日、未来君に哀悼の意を表すとともに長期未解決事件を解決した府警を称えた。当然にＴＶのワイドショーにも扱われたが、敷島の詳細も語られず、名和、町田、北村の名前すら出て来ず、一週間程で鎮静化した。府警としては、早期解決として取組んだ事件の解決で、一部庶民の怒りを和らげ、更に警察の信頼度も高まり万々歳である。

その後、メディアにおいても、

「しかし、首カッター器具の製作依頼者が十年以上前のクレジットカード詐欺遺恨で殺人、自害した木村善一と判明しながら、その実の息子北村俊介さらに、この器具を購入したとされる町田泰三、器具製作者名和正博について、警察が再捜査をする気配が全くないのは解せない。唯々、闇の深さを感じずにはいられない」とのスッパ抜き記事が地方新聞泉北版の片隅に掲載されたのが最後で、以降、本事件は触れられることはなかった。

敷島は、事件当時の記憶が定かで無く、責任能力が問えないとしたが、五年の実刑判決を受け大阪医療刑務所に収監され、今も納得のいかない鉄格子生活を送っている。唯一、面会者の菅山紗耶香にアルセーニイ・タルコフスキーの一編の詩を残し、その後は一切の面会を謝絶した。

僕は予感を信じない、迷信も
恐れない。中傷も毒も
避けることはない。
この世に死は存在しない。
誰しもが不死。何もかもが不死。
死を恐れる必要はない、十七歳だろうと
七十歳だろうと。あるのはただ現実と光のみ、
この世に闇はない、死もない。
僕らは皆もう海辺にいて
僕もまた網を引く者の一人なのだ、
不死が群れをなして歩いてゆくその時に。

引用図書

・シェークスピア名言集
小田島雄志著（岩波ジュニア新書）
斎藤祐蔵著（大修館書店）
・シェークスピア人生の名言
佐久間康夫著（ベストセラーズ）
・アルセーニイ・タルコフスキー詩集
「白い、白い日」　前田和泉訳（エクリ）

一成・アンダー木（ISSEY・UNDER KI）

大阪市出身、幼少期から高校卒業まで兵庫で育つ。
物心ついた頃にはベトナム戦争一色の時代、東大の入試も中止、地方の二流大学を卒業後、オイルショックにもかかわらず大阪本社の準大手のゼネコンに就職。
定年退職まで一途に経理畑を標榜するも報われず、
退職後、親の介護の傍ら執筆活動を行う。

我を問うなかれ

2020年７月26日　発行

著　者　一成・アンダー木
発行所　ブックウェイ
〒670-0933　姫路市平野町62
TEL.079（222）5372　FAX.079（244）1482
https://bookway.jp
印刷所　小野高速印刷株式会社

ISBN978-4-86584-463-4